De Cock en de onsterfelijke dood

A.C. Baantjer

De Cock
en de onsterfelijke dood

Fontein Paperback

Noot van de schrijver.
Ter rechtvaardiging van de vreemde titel.

'Tot alle leven hier op aarde is verdwenen,
blijft de dood onsterfelijk.'

Eerste druk 1998
Vierde druk 1999

ISBN 90 261 1434 6
NUGI-code 332

Foto omslag: Robert Rizzo/Hollandse Hoogte
Omslag: Twin Design bv, Culemborg
Verspreiding voor België: Verkoopmaatschappij Bosch & Keuning, Antwerpen

1

Rechercheur De Cock van het aloude politiebureau aan de Amsterdamse Warmoesstraat leunde in zijn bureaustoel achterover en schoof met een gebaar van ingehouden woede een aan hem gerichte dienstorder van zich af. Zijn gezicht stond op storm.
'Zijn ze op het hoofdbureau van de ratten besnuffeld?' riep hij zichtbaar opgewonden en kwaad. 'Dat kunnen ze toch niet menen?'
Rechercheur Vledder, zijn jonge assistent die tegenover hem zat, keek verbaasd naar hem op.
'Over wie of wat heb je het?' vroeg hij verrast.
De Cock wees naar de dienstorder.
'De korpsleiding.' Hij snoof verachtelijk. 'Ik moet binnenkort naar cursus... naar cúrsus.'
Zijn stem trilde van walging.
'Wat moet ik op mijn leeftijd nog met een cursus bijscholing? Waarin moet ik op mijn leeftijd nog worden bij-ge-schoold en wie moet mij die bijscholing geven... een prille enthousiaste inspecteur... zo van de politieacademie... een jongeman bij wie het wiegestro nog aan zijn kuiten kleeft?'
Vledder lachte.
'Jij hebt in jouw lange politieleven weinig respect getoond voor je superieuren,' sprak hij hoofdschuddend. 'Dat is een verkeerde instelling. Onze gedegen korpsleiding neemt alleen deugdelijke beslissingen. Daar moet jij als ondergeschikte van uitgaan. Die boven jou gestelde superieuren beslissen nu in hun opperste wijsheid dat jij moet worden bijgeschoold.'
Het klonk gedragen en spottend.
De Cock gromde.
'Ik acht niemand aan mij superieur. Ik begrijp dat er chefs moeten zijn, maar laten ze zo veel mogelijk uit mijn buurt blijven.'
Vledder gniffelde.
'Volgens mij verdient ook jouw tolerantiegrens wel enige correctie.'
De Cock trok een verongelijkt gezicht.
'Wat mankeert er aan mijn tolerantiegrens?'
Vledder maakte een grimas.

'Ouderwets en bekrompen... niet van deze tijd.'
De Cock tikte met zijn beide wijsvingers een paar maal tegen zijn voorhoofd.
'De bonte muts van mijn tolerantie leunt al zwaar op mijn wenkbrauwen. Als die muts nog zwaarder wordt, nog verder zakt, zie ik geen barst meer.'
Vledder plukte aan het puntje van zijn neus.
'Misschien is dat wel de bedoeling.'
'Dat ik geen barst meer zie?'
Vledder knikte ernstig.
'Als iemand jou uitscheldt voor "hannes", "hufter" of nog erger, dan knik je de man of vrouw die jou dat toeroept, vriendelijk en begripvol toe en beaamt dat hij of zij gelijk heeft. Spuwt hij of zij jou vervolgens op je wang, dan pak je glimlachend je zakdoek en veegt gelaten de fluim van je gezicht, want dat alles gebeurt binnen jouw tolerantiegrens.'
'Wie zegt dat?'
Vledder maakte een hulpeloos gebaar.
'Ik ben op die cursus geweest.'
De Cock keek hem verbijsterd aan.
'En dat willen ze ook mij bijbrengen?' vroeg hij vol ongeloof.
'Absoluut.'
De Cock schudde zijn hoofd.
'Mij niet,' sprak hij resoluut. 'Ik voel er niets voor om mijn menselijke waardigheid te laten inpakken ten behoeve van een modegril.'
Vledder zuchtte.
'De bewoners van onze mooie stad,' sprak hij zalvend, 'zijn niet meer van hetzelfde kaliber als toen jij een paar decennia terug met een vervaarlijke sabel aan je zijde op de mensheid werd losgelaten. Ze zijn mondiger, zelfbewuster, kennen hun burgerrechten.'
De Cock grinnikte vreugdeloos.
'En zijn hun burgerplichten vergeten.' De oude rechercheur kwam met een ruk naar voren. 'Weet jij wat het credo was waarmee ik, als jonge diender, destijds... hoe noemde jij dat ook al weer... op de mensheid werd losgelaten?'
'Geen idee.'
De Cock ademde diep.

'De politie is de baas op straat en jij zorgt er maar voor dat dat zo blijft.'
'En daar zorgde jij voor?'
De Cock knikte nadrukkelijk.
'Zeker,' riep hij emotioneel. 'Wij gingen onze verantwoordelijkheden vroeger niet uit de weg. Absoluut niet. We lieten geen burgers in nood barsten. Al was de overmacht nog zo groot. Zoiets kwam niet in je botte politiehoofd op.'
'Botte politiehoofd?'
De Cock knikte gelaten.
'Bot, zo mag je het noemen. We dachten rechtlijnig... overtuigd dat ons optreden juist was. Wij lieten ons ook niet onbestraft mishandelen of beledigen. Maar wij hadden wel de zekerheid dat bij oproeren, rellen en andere calamiteiten de overheid aan onze zijde stond. Ook de media vielen ons niet af.'
'Gouden tijden.'
De Cock schudde zijn hoofd.
'Normale tijden,' verbeterde hij heftig. 'Eenieder was het erover eens dat de tekst op de gevel van het hoofdbureau van politie zinvol was. Het-gezag-dat-rust-behoedt-in-stad-en-staat, waakt-rusteloos-tegen-de-onrust-van-het-kwaad.'
Vledder grijnsde.
'Wanneer werd het huidige hoofdbureau van politie gebouwd?'
'Enige jaren voor de Tweede Wereldoorlog.'
'Dat verklaart veel.'
De Cock keek zijn jonge collega enige ogenblikken zwijgend aan.
'Je bent cynisch,' reageerde hij. 'Die tekst is niet verouderd.'
'Hij doet in deze tijd wat lachwekkend aan. Pathetisch. Ik denk dat de mensen van nu niet meer "be-hoed" willen worden.'
De Cock knikte traag.
'Dat willen ze wel. Daar schreeuwen ze als het ware om. Het kwaad is er nog steeds. Bedreigender dan ooit. Er zijn alleen geen "rusteloze behoeders" meer.'
'Waar zijn die gebleven?'
De Cock zuchtte.
'De politie heeft in de loop der tijd haar gezag verloren. De gezagsdragers zijn sinds de jaren zestig stelselmatig gedevalueerd, vernederd tot aan handen en voeten gebonden harlekijnen

in een geüniformeerd clownspak, meelijwekkende figuren, voortdurend door media en overheden in het openbaar veroordeeld en bestraft. Het zijn steeds meer aan grove spotternijen overgeleverde figuren geworden, weerloos geketend aan een moderne versie van de middeleeuwse schandpaal.'
Vledder bekeek met een ernstig gezicht de gelaatstrekken van De Cock.
'Het zit je dwars,' concludeerde hij.
'Behoorlijk.'
'Is er een weg terug?'
De Cock knikte.
'Aan het kleverige gewauwel van politici over meer blauw op straat moet eindelijk een eind komen. Geef de burgers waarom zij vragen... meer politie. Het wordt ook tijd dat het aanzien van de individuele politieman en -vrouw weer wordt teruggebracht tot het niveau dat bij hun ambt behoort.'
'Ben je dan tevreden?'
De Cock lachte ontspannen. De grillige accolades rond zijn mond dansten een samba. Hij spreidde zijn armen.
'Wat willen wij? Wat behoort het streven te zijn van elke politieman of -vrouw?'
'Nou?'
'Voor eenieder in dit land een leven zonder angst, onbedreigd, vredig, het liefst nog overgoten met een klein mild vleugje van geluk.'
'Geloof je daarin?'
De Cock knikte heftig.
'Dat kan toch? Ik zou Onze-Lieve-Heer prijzen voor de dag dat jij en ik met vervroegd pensioen konden worden gestuurd omdat er aan de Warmoesstraat geen werk meer voor ons was.'
Vledder lachte om het vurige betoog van zijn oude collega. Hij kende de emoties van de grijze speurder, lokte discussies daarom vaak uit. Ineens verdween de lach van zijn jong gezicht. Er werd op de deur van de grote recherchekamer geklopt. Steels keek hij omhoog naar de grote klok. Het was kwart voor elf. De avonddienst zat er bijna op. Even hield hij zijn adem in en riep toen: 'Binnen.'
De deur van de recherchekamer ging langzaam open en in de deuropening verscheen de gestalte van een slanke, doch stevig

gebouwde man. De Cock schatte hem op achter in de veertig, begin vijftig. Hij droeg een donkerbruine regenjas met flappen, waar het water vanaf drupte. Voor hij verderstapte nam hij zijn hoed af en en sloeg die uit. Fijne regendruppels kletsten op de vloer. Met zijn hoed in de hand kwam hij naderbij. Zijn linkerbeen volgde zijn tred iets vertraagd. Bij het bureau van de oude rechercheur bleef hij staan.
'U bent rechercheur De Cock?'
De grijze speurder knikte.
'Met... eh, met ceeooceekaa.'
De man glimlachte.
'Uw handelsmerk.'
De Cock schudde zijn hoofd.
'De juiste spelling van mijn naam,' verbeterde hij achteloos. 'Er zijn vele Kok's, De Kok's, Cocq's en Cocky's.'
De man grinnikte.
'Maar één De Cock met ceeooceekaa.'
De oude rechercheur reageerde niet. Hij gebaarde uitnodigend naar de stoel naast zijn bureau. 'Neem plaats,' sprak hij vriendelijk en zakelijk, 'en vertel mij waarmee ik u van dienst zou kunnen zijn.'
De man knoopt zijn regenjas los, wapperde met de panden de laatste regendruppels weg en ging zitten.
De Cock nam hem nauwkeurig in zich op. De man had, zo vond hij, fraai donkerblond golvend haar, iets grijzend aan de slapen. Hij had een lang smal gezicht met een olijfkleurige huid. Zijn grote donkerbruine ogen stonden iets te dicht bij elkaar, waardoor het leek alsof zijn neus te laag in het gelaat begon. Hij draaide zich naar De Cock toe.
'Laat ik mij even aan u voorstellen,' opende hij met een hoofdknik. 'Mijn naam is Aard... Aard van de Koperberg. Vrienden van mij hebben mij aangeraden om mijn probleem met u te bespreken.'
De Cock glimlachte.
'U hebt een probleem?' vroeg hij overbodig.
De man knikte.
'U zult ongetwijfeld hebben opgemerkt dat ik niet meer zo vlot ter been ben. Ik ben altijd een fanatiek motorrijder geweest. Enige jaren geleden heb ik een ernstig ongeluk gehad. Ik slipte

op de weg en een auto raasde over mij heen. Mijn beide benen waren min of meer verbrijzeld. De artsen hebben geprobeerd om mijn botten weer netjes aan elkaar te lijmen, maar helemaal goed is het nooit geworden. Mijn rechterbeen is iets langer dan mijn linker en ik word nog steeds geteisterd met een pijn in mijn beide benen, waarvoor de artsen geen verklaring hebben.'
De Cock maakte een verontschuldigend gebaar.
'Mijn medische kennis is uiterst beperkt.'
Aard van de Koperberg schonk hem een flauwe glimlach.
'Ik consulteer u niet om het gebrekkig functioneren van mijn ledematen te verhelpen,' sprak hij bits. 'Er is uit mijn omgeving een vrouw verdwenen. Dat behoort toch wel tot uw competentie?'
De Cock knikte de man vriendelijk toe.
'Een vrouw?'
Aard van de Koperberg staarde even voor zich uit.
'Alida van Boskoop. Ze is gewoon van de aardbodem weggevaagd.'
'Wie is Alida van Boskoop?'
Aard van de Koperberg ademde diep.
'In verband met de aanhoudende pijn in mijn benen raadde iemand mij aan om eens contact op te nemen met die Alida van Boskoop. Ze woont aan de Brouwersgracht. Nummer elfhonderdtachtig. Die vrouw worden bijzondere geneeskundige gaven toegedicht. Zij is bedreven in de chiromantie.'
'Wat is dat?'
'Chiromantie is handlijnkunde. Bekijkt u eens het fijne netwerk van lijnen in uw hand. Bij de bestudering van de levenslijn, de hoofdlijn, de hartlijn en de venusberg van uw hand kent Alida van Boskoop uw leeftijd, uw karakter, uw toekomst en de pijnen die u teisteren.'
'Knap.'
Aard van de Koperberg knikte instemmend.
'Ik moet u zeggen... na mijn eerste bezoek aan haar was ik ook danig onder de indruk. Na een korte handlezing openbaarde zij mij dat ik een lange levensavond zou kennen, sprak gedetailleerd over mijn ongeluk zonder dat ik haar daarover iets had verteld en gaf mij de raad mijn benen dagelijks te baden in een extract van kamille met een snuifje zeezout.'

'En dat hielp?'
De bruine ogen van Aard van de Koperberg begonnen te glinsteren.
'De pijn verdween. Werkelijk. Voor het eerst na mijn ongeluk kon ik nachtenlang ongestoord slapen. Het was een verademing. Ik heb nooit geloofd dat ik ooit van die pijnen zou worden verlost. Hoewel ik in feite geen consulten meer nodig had, ben ik haar blijven bezoeken. Zo dankbaar was ik voor haar hulp. Bovendien... ik vond haar gezelschap prettig. In haar nabijheid voelde ik mij een ander mens.'
De man zweeg een poosje en staarde dromerig voor zich uit. De Cock wachtte geduldig.
'Alida van Boskoop,' ging Aard van de Koperberg verder, 'is een knappe, struise vrouw. Een vrouw van het type dat mij aanspreekt, dat verlangens bij mij wakker roept. Ik ben in mijn liefdeleven nooit erg gelukkig geweest. De relaties met vrouwen tot wie ik mij aangetrokken voelde, hebben nooit tot een duurzame verbintenis geleid. Ik ben tot nu ongehuwd gebleven.'
De Cock knipte begrijpend.
'Als ik u goed beluister, dan is die Alida van Boskoop voor u van meer betekenis dan alleen de vrouw die u van uw helse pijnen verloste?'
Aard van de Koperberg keek hem dankbaar aan.
'Ik beken het u eerlijk... ik ben verliefd op die vrouw. En ik heb de stellige overtuiging dat ook bij haar voor mij een diepe genegenheid gloeit.'
'Wat zijn uw plannen?'
Aard van de Koperberg strekte zijn rug.
'Ik wil met haar trouwen.'
'Hebt u met haar over uw plannen gesproken?'
Aard van de Koperberg knikte.
'Ik heb haar formeel een huwelijksaanzoek gedaan... niet zomaar losjes via de telefoon of met een fax of... eh, zoals wel gebruikelijk... ongedwongen in een verschoten spijkerbroek met slobbertrui... maar heel feestelijk met een tuiltje lentebloemen en gekleed in keurig jacquet.'
De Cock schudde zijn hoofd.
'U hoort niet thuis in deze eeuw.

Aard van de Koperberg negeerde de opmerking. Hij liet zijn hoofd iets zakken.
'Ik heb bij die gelegenheid ook kennisgemaakt met haar drie dochters.'
De Cock fronste zijn wenkbrauwen.
'Ze is... eh, was... getrouwd?'
Aard van de Koperberg schudde zijn hoofd.
'Alida is ongehuwd. Ze heeft kort achter elkaar drie min of meer vluchtige relaties gekend. Heftig, emotioneel, maar kortstondig. Ze hebben alledrie tot een zwangerschap geleid.'
'Drie dochters.'
Aard van de Koperberg knikte.
'Drie mooie jonge vrouwen met een exotische uitstraling. Ik vermoed dat hun verwekkers geen typische bewoners van ons lage polderland waren.'
De Cock glimlachte verholen achter zijn hand.
'Hoe reageerden zij op uw trouwplannen?'
Het gezicht van Aard van de Koperberg versomberde.
'Hoewel zij dat niet met zoveel woorden kenbaar maakten, had ik toch het gevoel dat het idee dat ik met hun moeder wilde trouwen, hen niet erg beviel.'
'Hebt u over dat gevoel van u met Alida van Boskoop gesproken?'
'Uiteraard. Er was mij veel aan gelegen dat ik ook door haar dochters zou worden geaccepteerd.'
'En?'
'Alida raadde mij aan om de zaak niet te overhaasten. Volgens haar moest ik de dochters de tijd gunnen om aan dat idee te wennen. Na die drie kortstondige liefdesrelaties was er nooit meer een man in haar leven geweest. De dochters konden zich een echtgenoot aan de zijde van hun moeder niet zo goed voorstellen. Het idee beangstigde hen een beetje.'
De Cock boog zich iets naar voren.
'Waarom? Hebt u een slechte reputatie?'
Aard van de Koperberg trok zijn schouders op.
'Ik ben... dacht ik... een man van onbesproken gedrag. Ik beheer al vele jaren een makelaardij in onroerende goederen en probeer mijn job gevoeglijk uit te oefenen. Ik denk niet dat het mogelijk is om slechte informaties over mij in te winnen.'

'Wanneer bemerkte u dat Alida van Boskoop van... eh, van de aardbodem was weggevaagd?'
'Veertien dagen geleden. Ik belde naar het huis van Alida, zoals ik bijna dagelijks deed, maar de telefoon werd niet opgenomen. Ik werd ongerust, want Alida is vrijwel altijd thuis. Met een ongerust gevoel reed ik met mijn auto naar de Brouwersgracht.'
'Waarom?'
'Wat bedoelt u?'
'Waarom dat gevoel van onrust?'
Aard van de Koperberg ademde diep.
'Ik werd plotseling beheerst door de gedachte dat er iets was gebeurd... iets ernstigs... iets heel verschrikkelijks. Hoewel er geen directe aanwijzingen waren, kon ik dat beklemmende gevoel niet uit mijn gedachten bannen.'
De man zweeg vermoeid en liet zijn hoofd zakken.
De Cock gebaarde in zijn richting.
'Verder?' drong hij aan.
Aard van de Koperberg keek op.
'Tot mijn verbazing werd ik na mijn bellen binnengelaten door haar oudste dochter Angela. Die vertelde mij dat haar moeder plotseling op vakantie was gegaan naar Zuid-Frankrijk... om tot bezinning te komen.'
'Bezinning... waarvan?'
'Dat vroeg ik ook. Volgens Angela zou haar moeder door mij zijn overrompeld... voelde haar moeder zich niet meer zo goed in staat om een eventueel huwelijk met mij klaar en helder te kunnen overdenken.'
'Vandaar... bezinning?'
'Ja.'
'Lijkt mij een redelijk motief,' sprak De Cock kalm. 'Misschien heeft die Alida van Boskoop uw onstuimige benadering inderdaad als "overrompelend" ervaren en is ze na een gesprek met haar dochters tot de slotsom gekomen dat een wat rijper beraad nodig was.'
Aard van de Koperberg kwam met een ruk uit zijn stoel overeind.
'Het is niet waar!' Hij schreeuwde. 'Alida is niet met vakantie. Ze is niet naar Zuid-Frankrijk. Met de dochter op mijn hielen ben ik door het huis gegaan. Er was niets weg. Al haar kleding

hing nog in de kasten. Niets wees op een vertrek. Toen ik Angela daarop wees, werd ze kwaad, furieus. Ze wilde niet langer met mij praten. Ik moest van haar onmiddellijk het huis verlaten.'
'Dat hebt u gedaan?'
Aard van de Koperberg schudde zijn hoofd.
'Ik bleef hameren op het feit dat de kleding van Alida nog compleet in de kasten hing. Angela wilde daar aanvankelijk niets over zeggen. Toen ik opmerkte dat haar moeder dan blijkbaar naakt naar Zuid-Frankrijk was vertrokken, beweerde Angela dat haar moeder speciaal voor haar vakantie een geheel nieuwe garderobe had aangeschaft.'
Aard van de Koperberg ging weer zitten.
'Het is een leugen!' Hij schreeuwde opnieuw. 'Het verhaal van Angela klopt niet.'
'Daar was u direct al van overtuigd?'
'Ja.'
'Waarom bent u toen niet direct bij mij gekomen?'
'Ik was er nog niet rijp voor. Veertien dagen lang heb ik alles overdacht... gewacht op een teken van leven van Alida... een telefoontje... een berichtje waarom ze was gevlucht, waarom ze dacht dat ze een huwelijk met mij niet aankon.'
Aard van de Koperberg greep met zijn handen naar zijn hoofd.
'Ik weet,' sprak hij vermoeid, 'dat er in een stad als Amsterdam dagelijks mensen verdwijnen. Ik begrijp ook dat de recherche in verband met die vaak tijdelijke vermissingen niet steeds een uitgebreid en diepgaand onderzoek kan instellen.
Maar dit is anders. Alida is niet gevlucht om tot bezinning te komen. Dat is onzin. Zij is een intelligente evenwichtige vrouw met bijzondere gaven en een sterke wil.'
De Cock keek de man strak, onderzoekend aan.
'Wat denkt u dat er is gebeurd?'
De olijfkleurige huid van Aard van de Koperberg trok bleek weg en zijn mondhoeken trilden.
'Alida,' lispelde hij, 'is vermoord... door haar eigen dochters.'

2

Toen Aard van de Koperberg gebogen, met zijn hoed vreemd scheef op zijn hoofd en tranen in zijn donkerbruine ogen, uit de grote recherchekamer was vertrokken, viel er een diepe stilte. De beide rechercheurs keken elkaar verward aan.
Na enige tijd duimde Vledder over zijn brede schouder.
'Wat doen we hiermee?'
Het klonk wat geprikkeld.
'Ik vind het een bijzonder vreemd verhaal.'
'Waarom vreemd?'
'Het klopt volgens mij niet. Naar mijn gevoel zijn er te veel hiaten.'
'Zoals?'
'Een lijk. Bij een moord hoort toch een lijk.'
De Cock grinnikte.
'Inderdaad, een gewilde combinatie.'
Vledder schudde afkeurend zijn hoofd.
'Die man heeft gewoon een blauwtje gelopen. Dat is simpel. Maar als afgewezen minnaar stap je toch niet naar de recherche?'
De Cock keek naar hem op.
'Jij denkt dat die chiromantiste niet is verdwenen... niet is vermoord?'
Vledder zuchtte.
'Ik weet waarachtig niet wat ik ervan denken moet,' sprak hij vermoeid. 'Ik zie er niets in.'
De Cock trok zijn gezicht strak.
'We gaan het onderzoeken.'
Vledder keek hem verrast aan.
'Werkelijk?'
In zijn stem trilde ongeloof.
De Cock maakte een hulpeloos gebaar.
'Er blijft ons weinig anders over. Er is volgens die Aard van de Koperberg een ernstig vermoeden van misdrijf. En niet zomaar een misdrijf, maar moord.'
'Als er werkelijk iets ernstigs met die Alida van Boskoop is gebeurd, zijn we veertien dagen te laat. Tijd genoeg om een lijk weg te werken.'

'Voor ons geen reden om de zaak nu maar op zijn beloop te laten. Ik ben altijd bang voor Belgische toestanden... dat men ons later verwijten maakt als we te weinig aandacht aan de zaak besteden.'
'Wat wil je eraan doen?'
'Kijk morgenochtend eens wat je in onze registers over die vrouw en haar exotische dochters te weten kunt komen en trek ook onze Aard van de Koperberg na.'
'Vertrouw je hem niet?'
De Cock glimlachte.
'Mijn oude moeder zei altijd: Je kijkt ze wel voor de kop, maar niet in de krop.'
Vledder snoof.
'Ik vond hem niet sympathiek. Bovendien hou ik niet van huilende mannen. Ik weet dat het ouderwets is, maar als ik een vent zie snotteren, word ik korzelig.'
'Jij vond zijn verdriet niet oprecht?'
'Krokodillentranen.'
De jonge rechercheur kwam geërgerd uit zijn stoel.
'Waarom komen de mensen altijd met van die ellendige zaken naar ons toe? Waarom geen gewone gezellige moord met een mooi gaaf lijk en een ja-knikkende dader binnen handbereik? Ze storten ons altijd in de problemen.'
Vledder wond zich op.
'Waarom zouden die drie exotische dochters plotseling hun lieve moeder vermoorden?'
De Cock plukte aan zijn onderlip.
'Daarvoor zijn wel motieven denkbaar. Geld. Misschien is... was moeder welgesteld en waren de dochters door een huwelijk van haar met die Aard van de Koperberg bang een groot deel van hun erfenis te verliezen?'
Vledder ging weer zitten.
'Ze hadden hun moeder toch gewoon kunnen adviseren om onder huwelijkse voorwaarden te trouwen? Er zijn, dacht ik, andere mogelijkheden dan een brute moord om een erfenis veilig te stellen.'
De Cock maakte een afwerend gebaar.
'Het heeft weinig zin om nu al over een mogelijk motief te filosoferen. Aard van de Koperberg *vermoedt* dat de dochters hun

moeder hebben vermoord. Meer niet. Er is geen spatje bewijs. Het is maar een suggestie op basis van een onberedeneerd gevoel van onbehagen. Er bestaat geen enkele zekerheid.'
De grijze speurder dacht even na.
'Het lijkt erop dat Alida van Boskoop van de aardbodem is verdwenen. Maar het kan ook best zijn dat ze zich voor de avances van de onstuimige Aard van de Koperberg een poosje schuilhoudt.'
Vledder glimlachte.
'Misschien heeft dochter Angela gelijk en ligt ze – in een modern en splinternieuw badpak, gruwend van de gedachte aan haar opdringerige minnaar – te bruinen aan een of andere zonnig strand aan de Mediterranee.'
De Cock grinnikte.
'Dat hoop ik innig,' sprak hij opgewekt. 'Dan zijn wij van een probleem verlost.'
Vledder knikte.
'Als we kunnen bewijzen dat ze nog leeft, dan is voor ons de kous af.'
De jonge rechercheur trok een denkrimpel in zijn voorhoofd.
'Geloof jij aan handlijnkunde?' vroeg hij plotseling. 'Ik heb eens iets gelezen over een Ier, genaamd William Warner, een beroemd handlijnkundige die voor de oorlog onder de naam Cheiro salon hield in Londen, maar ook waarzeggend en genezend de hele wereld rondtrok en veel succes had.'
De Cock knikte instemmend.
'En uiteindelijk berooid in Hollywood stierf.'
'Hoe weet jij dat?'
'Omdat ik mij wel eens voor de beoefenaars van de handlijnkunde heb geïnteresseerd.'
Vledder keek hem schattend aan.
'Jij gelooft er niet in?'
De Cock schudde langzaam zijn hoofd.
'Het geloof dat men uit het lijnenpatroon van de hand, lijnbreuken, eilandjes, welvingen van de handpalm, de capillairlijnen van vingertoppen – en ga zo maar door – iemands leven en toekomst kan voorspellen, is al heel oud. De Griekse filosoof Aristoteles maakte er al melding van. Er zijn zelfs handlijnkundigen die met grote stelligheid beweren dat ze kwalen en kwaaltjes

kunnen genezen en die zonder enige terughoudendheid bindende medische adviezen geven.'
'Kamille en zeezout.'
De Cock knikte.
'Bijvoorbeeld. Aard van de Koperberg zegt dat hij er baat bij heeft.'
De oude rechercheur ademde diep.
'Het grillige lijnenspel van de hand heeft de mensen altijd al gefascineerd.'
'Terecht?'
'De fascinatie is terecht. Maar het zoeken naar een synthese – een verband tussen de uiterlijke kenmerken en verschijningsvormen van de mens en zijn lichamelijke gesteldheid, zijn karakter, zijn toekomst en bestemming – heeft nooit tot resultaten geleid. De Italiaanse criminoloog Cesare Lombroso meende zelfs van iemands gezichtsbouw en gelaatstrekken zijn of haar hang naar misdadigheid te kunnen lezen. Vroeger zong men in Amsterdam spottend: *"Een jochie uit de penoze met een koppie van Lombrose"*. Iemand met een laag voorhoofd, doorlopende wenkbrauwen en grote flaporen kreeg algauw het etiket van *een geboren crimineel.*'
'En?'
'Wat bedoel je?'
'Klopt het?'
De Cock gniffelde.
'Een achterhaalde zaak.'
Vledder trok zijn gezicht in een ernstige plooi.
'Toch blijven wij mensen geneigd om iemand op zijn of haar uiterlijk te beoordelen.'
'We hebben geen andere keus,' riep De Cock bijna vrolijk. 'Mensen hebben geen rugnummers zodat men onmiddellijk kan zien of iemand in de voor- of in de achterhoede speelt. We moeten op onze intuïtie vertrouwen. Maar oplichters zien er meest heel betrouwbaar uit. En vele lelijke mensen hebben een lief karakter. Er is, gelukkig, geen peil op te trekken.'
Tot verbazing en ergernis van Vledder werd er opnieuw op de deur van de grote recherchekamer geklopt. De jonge rechercheur keek omhoog naar de grote klok. Het was al ruim een half uur na middernacht.

'De wachtcommandant beneden,' riep hij geprikkeld, 'weet toch dat onze dienst om elf uur eindigt? Ik wil nog wel een paar uur slapen.'
De Cock spreidde zijn handen.
'Zolang wij beneden geen afscheid van Jan Kusters hebben genomen, blijft hij mensen naar boven sturen. Hij denkt dat wij er nog steeds zin in hebben.'
Vledder bromde en riep: 'Binnen.'
Het klonk onvriendelijk.
De deur ging open en in de deuropening verscheen een krachtig gebouwde man. De Cock schatte hem op achter in de dertig. Hij droeg een grijs flanellen kostuum, waarover een doorschijnende plastic regenjas met een capuchon. Wat aarzelend trad hij naderbij en keek van Vledder naar De Cock en terug.
'Wie van u is rechercheur De Cock?'
De grijze speurder stak zijn hand omhoog.
'De Cock met... eh, met ceeooceekaa,' reageerde hij vrijwel automatisch. Hij gebaarde naar de stoel naast zijn bureau. 'Neemt u plaats.'
De man ging zitten en trok de metalen drukknopen van zijn plastic regenjas los.
De Cock steunde op zijn ellebogen en keek de man van opzij onderzoekend aan. Hij had, zo stelde hij vast, een vriendelijk ogend gelaat met volle lippen rond een brede mond. Op zijn iets geprononceerde neus droeg hij een kleine donkere hoornen bril, waarachter een paar lichtgrijze ogen waakzaam rondblikten. Zijn kortgeknipte blonde haar kende al diepe inhammen.
'Het spijt mij,' opende hij voorzichtig, 'dat ik u op dit onmogelijke uur nog lastig kom vallen, maar mijn vrouw stond erop dat ik naar u toe ging.'
'Vanavond nog?'
De man knikte.
'Het heeft te maken met Elisa, mijn zieke dochtertje, en een laat telefoontje van ene meneer Van de Koperberg uit Amstelveen.'
De Cock trok zijn neus iets op.
'Het verband ontgaat mij.'
De man verschoof iets op zijn stoel.
'Mijn naam is Korreman... Andries Korreman. Ik woon aan de Willem van Egmontlaan in Ouderkerk aan de Amstel.'

'En daar komt u nu net vandaan?'
Andries Korreman knikte.
'Op uitdrukkelijk verzoek van mijn vrouw. Zij wilde beslist dat ik nu naar de Warmoesstraat ging en niet wachtte tot morgen.'
'Zo dringend?'
'Ja.'
'En de aanleiding was dat telefoontje van die ene meneer Van de Koperberg uit Amstelveen?'
Andries Korreman knikte opnieuw.
'Hij kent mijn vrouw. Nanette heeft hem een paar maal op de Brouwersgracht bij een chiromantiste ontmoet. In de wachtkamer.'
De Cock knikte begrijpend.
'Terwijl zij daar was met uw dochtertje Elisa.'
'Ik was erop tegen,' sprak de man behoedzaam, 'dat Nanette met ons dochtertje naar die chiromantiste gaat. Ik zag liever dat ze naar een gewone alledaagse dokter ging, zo'n vent die medicijnen heeft gestudeerd. Maar mijn vrouw gelooft onvoorwaardelijk in die vrouw. Volgens haar kan alleen zij voor een totale genezing zorgen.'
De Cock onthield zich van commentaar.
'Heeft... eh, heeft die meneer Van de Koperberg tegen uw vrouw gezegd dat u zich naar de Warmoesstraat moest spoeden?'
Andries Korreman schudde zijn hoofd.
'Ik niet. Maar mijn vrouw. Hij vroeg of mijn vrouw naar u toe wilde gaan.'
'En die stuurde u?'
'Ja.'
'Waarom?'
'Zij bleef liever bij ons dochtertje.'
De Cock schudde zijn hoofd.
'Waarom,' verzuchtte hij, 'moest u op dit uur nog naar de Warmoesstraat?'
'Die meneer Van de Koperberg had het idee dat u zijn verhaal niet geloofwaardig vond. Hij was bang dat u geen onderzoek naar het verdwijnen van de chiromantiste zou instellen.'
De Cock kauwde op zijn onderlip.
'U komt dus om enige pressie op ons uit te oefenen?'
Andries Korreman schudde zijn hoofd.

'Ik heb met die meneer Van de Koperberg uit Amstelveen niets te maken,' reageerde hij geëmotioneerd. 'Ik ken die man niet eens. Ik kom voor mijn vrouw en voor Elisa, mijn zieke dochtertje. Ik wil dat het kind weer kerngezond wordt.'
'En daar heeft uw dochtertje die chiromantiste voor nodig?'
Andries Korreman knikte instemmend.
'Ziet u, ze is echt verdwenen. De laatste keer dat mijn vrouw met Elisa aan de Brouwersgracht was, werd de behandeling overgenomen door een van de drie dochters van de chiromantiste. Toen mijn vrouw om opheldering vroeg, kreeg ze een verward verhaal.'
Andries Korreman zweeg.
De Cock keek hem gespannen aan.
'Een verward verhaal?'
Andries Korreman knikte.
'De dochter van de chiromantiste zei dat de behandeling van ons dochtertje slechts tijdelijk door haar zou worden overgenomen... tot haar moeder terugkwam.'
'Van waar?'
Andries Korreman zweeg opnieuw. Hij nam met zijn linkerhand zijn bril af en wreef met de duim en wijsvinger van zijn rechterhand langs zijn ogen.
De Cock voelde de ongeduld in zich prikkelen.
'Van waar?' riep hij knorrig.
Andries Korreman zette zijn bril weer op.
'Van een korte trip naar de hemel.'

Toen De Cock de volgende morgen opgewekt de grote recherchekamer binnenstapte, zwiepte hij zijn oude hoedje missend naar de kapstok, trok zijn regenjas uit en raapte zijn hoedje op. In zijn zo typische slenterende pas sjokte hij naar zijn bureau. Vledder zat diep gebogen achter zijn elektronische schrijfmachine. Zijn rappe vingers dansten over de toetsen. Toen hij De Cock in het oog kreeg, liet hij zijn vingers rusten en keek op.
'Je bent laat.'
De Cock liet zich in de stoel achter zijn bureau zakken en knikte zijn jonge collega met glinsterende ogen welgemoed toe.
'Dat klopt,' sprak hij gedragen. 'En het is vandaag niet voor de eerste keer dat jij mij op dit feilen duidt.'

Het klonk plechtig.
Vledder gromde.
'Commissaris Buitendam was hier vanmorgen al een paar maal en vroeg naar je.'
'Had hij iets bijzonders?'
'Hij is gisteravond laat, ver na middernacht, nog gebeld door onze Aard van de Koperberg.'
'Wat?'
Vledder knikte.
'Hij deed commissaris Buitendam officieel melding van het feit dat hij aan jou kennis had gegeven van de vermissing van Alida van Boskoop.'
De Cock trok zijn wenkbrauwen op.
'Wat wil die vent?'
'Weet ik veel?'
'Denkt hij dat wij beiden stante pede naar de kusten van Zuid-Frankrijk reizen op zoek naar zijn geliefde?'
Vledder gniffelde.
'Als dat zou kunnen? En wat denk je van een korte trip naar de hemel?'
De Cock wuifde de opmerking weg.
'Wat bezielt die man?'
Vledder grinnikte.
'Ik zei je toch direct al dat ik hem niet sympathiek vond.'
De Cock boog zich iets naar voren.
'Ben je nog iets te weten gekomen?'
Vledder knikte.
'Veel, heel veel.'
'Ik luister.'
Vledder raadpleegde een blad vol notities.
'Onze Alida van Boskoop is in het verleden al eens vervolgd voor het onbevoegd uitoefenen van de geneeskunde. Ze had bij een zeer bemiddelde oudere dame *de ver-wach-ting op-gewekt* – zo staat in het proces-verbaal – dat zij haar van een ongeneeslijke kanker kon genezen. De oudere dame spendeerde al haar spaarcentjes aan de behandeling van de chiromantiste. Toen zij uiteindelijk toch aan haar kwaal overleed, deden haar kinderen aangifte.'
'Volgde er een veroordeling?'

Vledder schudde zijn hoofd.
'De rechters waren van mening dat het wettig en overtuigend bewijs niet was geleverd.'
De Cock kneep even zijn ogen dicht.
'En spraken haar vrij.'
'Precies.'
De Cock maakte een grimas.
'Als wij afgaan op de verhalen van Aard van de Koperberg met de pijn in zijn benen en Andries Korreman met zijn zieke dochtertje, dan oefent Alida van Boskoop nog steeds onbevoegd de geneeskunde uit. Zij heeft haar praktijken nooit opgegeven.'
'Ook haar dochters niet.'
De Cock keek hem verrast aan.
'Haar dochters?'
Vledder knikte.
'Ik heb dat proces-verbaal door Afra Molenkamp uit onze administratie laten lichten.'
'Heel goed.'
'Hans Rijpkema, de verbalisant van destijds, heeft als bijlage een interview met Alida van Boskoop bij het proces-verbaal gevoegd.'
'Knap.'
Vledder ging onverstoord verder.
'In dat interview voor een of ander damesblad zegt Alida van Boskoop dat Onze-Lieve-Heer niet alleen aan haar, maar ook haar drie dochters de gave van de geneeskunst heeft geschonken.'
De Cock siste tussen zijn tanden.
'Hoe durft ze?'
Vledder grinnikte.
'Het wordt nog gekker. Luister. Alida van Boskoop vertelt in dat interview vol trots dat zij zo overtuigd is van haar bijzondere gave, dat zij zich de naam "Hippocratine" eigen heeft gemaakt.'
'Hippocratine?'
Vledder knikte.
'Een soort vrouwelijk equivalent van Hippocrates, de Griekse arts uit de oudheid die als vader van de geneeskunde geldt.'
De Cock schudde vertwijfeld zijn hoofd.

'Dat een blad zo'n interview opneemt. Dat is pure volksverlakkerij. Wie weet hoeveel mensen die Alida van Boskoop al in het verderf heeft gestort... mensen die rotsvast in haar kunde hebben geloofd.'
Vledder boog zich over zijn schrijfmachine.
'En dan nog wat,' sprak hij met opgeheven vinger. 'Alida van Boskoop kan nooit door haar dochters zijn vermoord.'
De Cock keek hem ongelovig aan.
'Waarom niet?'
Vledder trok zijn gezicht in een ernstige plooi.
'Ze is onsterfelijk.'

3

Toen ze het politiebureau verlieten, regende het zachtjes. Een fijne miezerige motregen, die traag en loom uit een loodgrijze hemel zakte. Vledder knoopte zijn jack dicht, huiverde en mompelde een verwensing. 'Zomer,' gromde hij. 'Wij hebben het sinds de eenentwintigste juni nog geen uur droog gehad.'
De Cock legde zijn hand op zijn hoedje en keek langs de gevel van het politiebureau omhoog. Het wolkendek was zo dicht, dat het hem leek of de zon in het oude Amsterdam voor de rest van de eeuw niet meer zou schijnen.
De beide rechercheurs liepen vanuit de Warmoesstraat naar de Oudebrugsteeg en staken in draf voor een aanstormende tram van lijn negen de rijbaan van het Damrak over. Op het brede trottoir speelde een met bruin zeildoek afgedekt draaiorgel 'Vluchten kan niet meer', een droevig lied over een verloren toekomst.
De Cock bleef even hijgend staan. Toen zijn ademhaling weer op peil was, stortte hij een gulle gulden in het mansbakje. Tegen de stroom voetgangers in sjokte hij met Vledder op zijn hielen in de richting van het Centraal-Station. Via de Haringpakkerssteeg liepen ze naar de Nieuwendijk.
De Cock trok de kraag van zijn regenjas omhoog en likte met het puntje van zijn tong een regendruppel van zijn neus. Hij blikte opzij.
'Wie zegt dat zij onsterfelijk is?'
Vledder grinnikte.
'Alida van Boskoop zelf... in dat interview.'
'Zegt ze ook waarom... waardoor?'
'Volgens haar op last van Onze-Lieve-Heer, met de persoonlijke opdracht om voor eeuwig en altijd van Hem te getuigen.'
De Cock schudde zijn hoofd.
'Waanzin,' sprak hij afkeurend. 'Pure waanzin. Men zou die Alida van Boskoop voor godslastering moeten vervolgen. Zij is ook niet de eerste die van zichzelf profeteerde onsterfelijk te zijn. En ik vrees dat na haar nog velen zullen volgen.'
'Bestaat dat nog... godslastering?'
De Cock knikte nadrukkelijk.

'Het is zelfs een misdrijf. Maar ik kan mij niet herinneren dat wij daar ooit een proces-verbaal voor hebben opgemaakt.'
Vledder grinnikte.
'Die onsterfelijkheid van Alida van Boskoop is nog niet alles. Puttend uit Zijn kracht, zo staat in dat interview, acht zij zich in staat om dezelfde wonderen te verrichten die Onze-Lieve-Heer deed toen hij op aarde was.'
'Bijvoorbeeld: doden tot leven wekken?'
Vledder schudde zijn hoofd.
'Dat stond niet zo uitdrukkelijk in dat interview, maar ik acht het heel goed mogelijk dat Alida van Boskoop – gezien de bijzondere geneeskundige gaven, die zij zichzelf toedicht – meent dat zij de dood kan overwinnen.'
De Cock knikte voor zich uit.
'On-ster-fe-lijk', verzuchtte hij. 'Zelf... en door haar... ook anderen?'
Vledder trok zijn schouders op.
'In dat interview spreekt ze alleen over haar eigen eeuwigheid, maar je proeft uit haar woorden dat ze niet uitsluit dat zij ook anderen onsterfelijk kan maken.'
De jonge rechercheur blikte even opzij.
'Zouden er mensen zijn die dat van haar geloven?'
'Stellig.'
'Krankzinnig.'
'Met deze vorm van krankzinnigheid,' sprak De Cock traag, 'moet men heel erg voorzichtig zijn. Het is verbazingwekkend hoeveel mensen bereid zijn te geloven. Denk maar eens aan de collectieve zelfmoorden van sekteleden in Amerika.'
De oude rechercheur zweeg even.
'Een gevaarlijk mens die Alida van Boskoop... voor zichzelf. En wanneer die in haar illusies geloven... ook voor anderen. Als haar dochters net zo zijn, dan staat ons straks nog wat te wachten.'
Vledder gniffelde.
'Het AaBeeCee.'
De Cock keek hem niet-begrijpend aan.
'AaBeeCee?'
Vledder knikte.
'Angela, Beatrijs en Christina.'

'Zo heten ze?'
'Ja.'
'Ben je over hen nog iets te weten gekomen. Ik bedoel, buiten hetgeen hun moeder in dat interview van hen heeft beweerd?'
Vledder schudde zijn hoofd.
'In onze politieadministratie komen ze niet voor.'
'Getrouwd... kinderen... een eigen onderkomen?'
'Ik heb nog geen tijd gehad om het bevolkingsregister over hen te raadplegen. Ik heb alleen geïnformeerd of Alida van Boskoop officieel nog leeft.'
'En?'
'Ze leeft.'
De rechercheurs slenterden de Nieuwendijk af, liepen over de Haarlemmersluis en stapten via de Singel naar de Brouwersgracht.
De jonge rechercheur schoof de mouw van zijn jack iets omhoog en keek op zijn horloge.
'We moeten voortmaken.'
'Waarom?'
'Over een kwartier begint haar spreekuur.'
'Spreekuur?'
Vledder knikte.
'De chiromantiste is dagelijks van tien tot elf uur dertig te consulteren.'

Brouwersgracht elfhonderdtachtig was een statig oud grachtenpand met een sierlijke klokgevel en uitbundige festoenen boven de ramen. De zware toegangsdeur met drie panelen was diepgroen met in het midden op ooghoogte een vergulde korf voor een minuscuul kijkraampje.
De Cock gleed met zijn wijsvinger over een koperen naambord met *Alida van Boskoop – Hippocratine – Chiromantiste* in zwarte verzonken schrijfletters.
'Indrukwekkend,' mompelde hij binnensmonds.
Naast het imposante naambord drukte de grijze speurder op een koperen bouton. Ver weg in het inwendige van het huis klonk het dreunen van een gong.
Het duurde zeker een minuut voor het kijkraampje even werd beroerd. Kort daarna werd de deur voor meer dan de helft open-

gedaan door een knappe jonge vrouw met een olijfkleurige huid en glanzende donkere ogen. Haar lange zwarte haren waren strak naar achteren gekamd en eindigden in een wrong. Ze droeg een lang bloedrood gewaad, dat reikte tot op haar enkels. De kraag en de zoom van het gewaad waren afgezet met blauw fluweel, waarop in wit geborduurd de twaalf tekens van de dierenriem.
De Cock schonk haar een beminnelijke glimlach en nam beleefd zijn hoedje af.
'Mijn naam is...' De oude rechercheur stokte plotseling. Hij zette zijn hoedje weer op, zijn glimlach vergleed en zijn gezicht versomberde.
'Ik... eh, ik heb last van moeie voeten,' sprak hij aarzelend. 'Mijn huisdokter zegt dat daar niets aan is te doen. Hij noemt het slijtage.'
Hij grinnikte vreugdeloos.
'Volgens mij noemt hij alles slijtage... een haperend hart, slechte nieren, een gekrompen lever... slijtage.'
De Cock zweeg even. Veranderde van toon.
'Iemand die veel baat bij haar heeft gevonden, raadde mij aan om mevrouw Van Boskoop eens te consulteren.'
De oude rechercheur keek schattend naar haar op.
'U... eh, u bent mevrouw Van Boskoop?' vroeg hij nederig.
'Ja.'
De Cock duimde over zijn schouder naar Vledder.
'Ik heb mijn oudste zoon meegenomen om mij bij te staan. Soms vloeit zonder enige waarschuwing alle kracht uit mijn benen. Het is onverantwoord om alleen op pad te gaan.'
De vrouw knikte begrijpend. Ze deed een stap opzij, draaide de deur verder open en liet de rechercheurs binnen. Daarna ging ze hen voor naar een hoog kaal vertrek met een bladderend plafond en houten banken langs de muren. Er zaten al een paar mensen zwijgend bij elkaar. De Cock telde er zeven.
De vrouw wees naar een oude man in een bruine loden regenjas.
'U moet zelf op uw beurt letten,' sprak ze wat snibbig. 'Deze man is voor u.' Ze wees naar een deur aan het eind van het vertrek. 'Na zijn consult kunt u naar binnen.'
Ze verdween naar de gang. Haar zijden gewaad ruiste.
De Cock nam op een van de banken plaats. Vledder ging naast

hem zitten. De jonge rechercheur wierp hem een vernietigende blik toe, maar zweeg.
De Cock blikte om zich heen, bezag de starre gezichten van de mensen op de bank tegenover hem. Daarna boog hij zich naar de oude man in de loden regenjas en wees omhoog naar het gebladderde plafond.
'Ze mogen het hier wel eens opknappen,' sprak hij misprijzend.
De oude man knikte.
'Vind ik ook,' antwoordde hij. 'Een kwastje verf, een nieuw behangetje, het plafond wat bijwerken. Het ziet er wat haveloos uit.'
De Cock maakte een schuifbeweging tussen duim en wijsvinger.
'Het kan er zeker niet af?'
De oude man grinnikte.
'Er is geld genoeg. Het zit hier bijna elke dag vol.'
'Zoveel belangstelling?
De oude man knikte.
'Ze is een bijzondere vrouw met bijzondere gaven. En... wie is er tegenwoordig nog dicht bij God?'
De Cock negeerde de vraag.
'Komt u hier vaak?'
De oude man draaide zich naar hem toe.
'Eenmaal in de week.'
'Waarvoor?'
'Wat bedoelt u?'
'Waarvoor consulteert u mevrouw Van Boskoop?
De oude man zuchtte.
'Ik heb last van winderigheid. Flatulentie heet dat met een vreemd woord. Het is knap lastig... voor jezelf en voor je omgeving. Ik eet al geen uien en bonen om de gasvorming in mijn darmen tegen te gaan. Mijn huisarts lacht erom. Soms geeft hij me poeders, maar die helpen niet.'
De Cock keek hem bezorgd aan.
'Bij de behandeling van mevrouw Van Boskoop hebt u wel baat?'
De oude man knikte.
'Het is al veel minder. Zijzelf, ik bedoel de moeder, is heel goed... neemt ook de tijd voor je... kijkt heel nauwkeurig naar

je levenslijn. Die is belangrijk voor je gestel. Over haar dochters ben ik niet zo te spreken. Die zijn veel ongeduldiger. Wanneer ik weer last heb, zeggen ze dat ik niet moet zeuren.'
De Cock toonde verontwaardiging.
'Dan laat u zich toch niet meer door die dochters behandelen?'
Over het gelaat van de oude man gleed een trieste glimlach.
'Zij... zijzelf is er niet.'
'Waar is ze dan?'
De oude man keek even schichtig langs de kring van wachtenden.
'Angela zegt,' sprak hij fluisterend, 'dat ze met vakantie is naar Zuid-Frankrijk... om nieuwe krachten op te doen.'
'Dat kan toch?'
De oude man knikte.
'Het kan. Zeker. Ieder mens gaat op vakantie. Maar ik geloof het niet.'
'Waarom niet?'
'Haar dochter Beatrijs zegt heel iets anders.'
De Cock boog zich vertrouwelijk naar hem toe.
'Wat zegt die?'
'Ze is naar de hemel.'
'Wie?'
'Hun moeder.'
De Cock toonde onbegrip.
'Gestorven?'
De oude schudde zijn hoofd.
'Tijdelijk teruggeroepen voor een onderhoud.'
'Met wie?'
'Onze-Lieve-Heer.'

Toen de oude man in de loden jas groetend was vertrokken, stonden De Cock en Vledder op en gingen de deur van de behandelkamer binnen.
Het vertrek was schaars verlicht. Een kleine spot viel op een brede troon, bekleed met lichtblauw fluweel en daarboven een baldakijn. Op de troon zat de vrouw in het bloedrode gewaad met de tekens van de dierenriem. Toen ze achter De Cock de jonge Vledder zag, kwam ze uit haar troon overeind en wees hem terug.

'Het is niet toegestaan,' sprak ze streng, 'dat anderen het consult bijwonen.'
Vledder blikte naar De Cock. Toen die hem geruststellend toeknikte, verliet hij de behandelkamer.
De vrouw zakte op haar troon terug.
'De aanwezigheid van een derde,' sprak ze verklarend, 'stoort mij.'
De Cock knikte gedwee.
'Dat begrijp ik.'
Hij nam plaats op een laag roodlederen bankje dat tegenover de troon stond.
De vrouw strekte haar rechterarm naar hem uit.
'Geef mij uw linkerhand,' gebood ze.
De Cock gehoorzaamde niet. Hij bracht zijn beide armen naar voren en vouwde zijn handen.
'Ik moet u een bekentenis doen,' sprak hij somber. 'Het is niet mijn plan om u te consulteren... in de gebruikelijk zin van het woord... ik heb geen wezenlijke kwalen.'
'Wat komt u dan doen?'
De oude rechercheur beet even op zijn onderlip.
'Mijn naam is De Cock... met... eh, met ceeooceekaa. Ik ben als rechercheur van politie verbonden aan het bureau Warmoesstraat. De jongeman die mij tot hier begeleidde, is mijn collega rechercheur Vledder.'
De vrouw keek hem verward aan.
'Recherche?'
De Cock knikte.
'Mijn collega en ik zijn onder een valse vlag bij u binnengekomen.'
Het gezicht van de vrouw verstarde.
'En u hebt met de mensen in de wachtkamer gesproken?'
De Cock knikte.
'Alleen met de oude man in die bruine loden jas.'
'De heer Pietersen.'
'Ik heb hem niet naar zijn naam gevraagd.'
De vrouw kneep haar lippen op elkaar.
'Voor wie of wat geldt uw ambtelijke belangstelling?'
De Cock keek haar strak aan.
'Uw moeder.'

'Die is met vakantie in Zuid-Frankrijk.'
De Cock glimlachte.
'U bent Angela?'
'Inderdaad.'
'Er zijn mensen die dat niet geloven.'
'Wie?'
De Cock schonk haar een milde grijns.
'Kunt u dat niet raden?'
De bruine ogen van Angela van Boskoop vonkten.
'Aard van de Koperberg.'
Ze sprak de naam uit als een vloek.
De Cock knikte.
'Hij was gisteravond bij mij om de vermissing van uw moeder te melden. Het zei mij dat hij verliefd op haar was geworden en het plan had opgevat om met haar te trouwen.'
Angela van Boskoop snoof.
'Hij is op haar geld uit.'
'Dat... eh, dat,' reageerde De Cock voorzichtig, 'kan ik niet beoordelen. Zeg mij hoe ik in contact met uw moeder kan komen. Wanneer ik heb vastgesteld dat zij nog in leven is, staak ik mijn onderzoek.'
Angela van Boskoop wendde haar hoofd af.
'Ik wil niet dat moeder tijdens haar vakantie wordt gestoord.'
De Cock zuchtte.
'Die Aard van de Koperberg beschuldigt u en uw beide zusters van moord op uw moeder. Dat is ernstig. Het verplicht mij om een diepgaand onderzoek in te stellen.'
'Nonsens.'
De Cock spreidde zijn armen.
'Ik ben doorgaans een beminnelijk mens,' zei hij vriendelijk. 'Maar zo komen wij niet verder. Uw zuster Beatrijs heeft aan Nanette Korreman, de moeder van Elisa, en aan de man met de bruine loden jas gezegd dat uw moeder in de hemel is... een tijdelijk bezoek aan Onze-Lieve-Heer.'
De grijze speurder zweeg even.
'Hoewel de hemel en de stranden van Zuid-Frankrijk,' ging hij gedragen verder, 'wellicht enige verwantschap kennen, zijn dit voor mij – als rechercheur – toch tegenstrijdige verklaringen.'
Angela van Boskoop bromde:

'Beatrijs is niet goed wijs.'
De Cock negeerde de opmerking.
'Ik wil een onderhoud met haar.'
Angela schudde haar hoofd.
'Dat sta ik niet toe. Ik ben de oudste. Sinds moeder met vakantie is, heb ik de leiding.'
'Waar kan ik Beatrijs vinden?'
'Dat zeg ik u niet.'
De Cock stond van zijn bankje op, liep naar de wachtkamer en riep Vledder binnen. Hij wees naar de vrouw op de blauwfluwelen troon.
'Dit is Angela van Boskoop,' sprak hij streng, 'de oudste dochter. Ze weigert om ons bij ons onderzoek naar de vermissing van haar moeder Alida van Boskoop behulpzaam te zijn. Ik vermoed dat haar zusters Beatrijs en Christina hier in dit huis aanwezig zijn. Zoek hen op en breng beiden naar deze behandelkamer voor een onderhoud.'
Vledder aarzelde even. Hij liep naar de troon en boog zich naar Angela.
'Zijn beiden hier?' vroeg hij vriendelijk.
Angela knikte traag. Ze wendde zich tot De Cock, met tranen in haar ogen.
'Waarom neemt u geen genoegen met mijn verklaring dat moeder op vakantie is?'
De Cock stak zijn kin iets omhoog.
'Ik wil helderheid.'
Vledder verliet de behandelkamer. Al na enkele minuten kwam de jonge rechercheur terug. Achter hem liepen twee jonge vrouwen. Ze leken kopieën van Angela, olijfkleurige huid, donkere ogen en gitzwart haar, er waren slechts kleine nuances van verschil. Een van hen droeg een zalmkleurig mantelpakje met een kleine ruit, de andere een donkerblauwe nauwsluitende japon, die haar weelderige vormen accentueerde.
De Cock deed een stap in hun richting.
'Wie van u is Beatrijs?'
De jonge vrouw in de nauwsluitende japon reageerde.
De Cock keek haar onbewogen aan.
'Waar is uw moeder?'
'In de hemel.'

'Tijdelijk voor een onderhoud met Onze-Lieve-Heer?'
Beatrijs van Boskoop knikte.
'Zo mag u dat noemen.'
'Ze is dus niet op vakantie in Zuid-Frankrijk zoals Angela beweert.'
Beatrijs schudde haar hoofd.
'Angela is de oudste van ons drieën. Zij heeft haar eigen visie op het verlaten van onze moeder. Zij vond het beter om aan de mensen te zeggen dat moeder tijdelijk in Zuid-Frankrijk met vakantie was.'
'Dat is niet waar?'
'Nee.'
'Ze is in de hemel?'
'Ja.'
'Tijdelijk?'
'Inderdaad.'
'U verwacht haar dus terug?"
'Absoluut.'
Christina duwde haar zuster ruw opzij. De huid van haar gezicht kleurde dieprood. Wild zwaaide ze met haar armen.
'Laten we er toch mee ophouden,' riep ze geëmotioneerd. 'Dit kan niet. Het heeft geen zin om de feiten achter te houden.'
De Cock hield haar donkere ogen in zijn blik gevangen.
'Wat zijn de feiten?'
Christina slikte.
'Moeder is dood... ze pleegde zelfmoord.'

4

De Cock toonde opperste verbazing.
'Zelfmoord?'
Christina knikte.
'Zelfmoord,' beaamde ze. Ze wees naar haar zuster Angela op haar fluwelen troon.
'Zij vond haar.'
'Hoe?'
'Wat bedoelt u?'
De Cock werd ongeduldig.
'Hoe pleegde uw moeder zelfmoord?'
Christina slikte.
'Moeder hing zich op.' De jonge vrouw wees schuin achter zich naar de deur van de wachtkamer. 'Daar... daar hing ze. Met haar gezicht in de richting van de troon.'
'Hoe was ze gekleed?'
Christina wees opnieuw naar Angela.
'Ze droeg het statiekleed dat zij nu aan heeft. Het gewaad met de tekens van de dierenriem.'
'Droeg uw moeder dat gewaad de gehele dag?'
Christina schudde haar hoofd.
'Alleen als ze consult hield.'
De Cock keek van Christina, via Beatrijs naar Angela. Opnieuw viel hem de gelijkenis op.
'Uw moeder hield hier in dit huis consult als chiromantiste,' ging hij verder, 'maar woonde zij hier ook?'
Angela gebaarde wijd om zich heen.
'Het hele huis aan de Brouwersgracht was van moeder. Hier leefde, woonde en werkte ze. Wij meiden hebben boven wel ieder een eigen slaapkamer, nog van vroeger, maar meest verblijven wij in onze eigen bungalow in het Speulder- en Sprielderbos op de Veluwe.'
'Moeder woonde hier alleen?'
Angela knikte.
'Maar moeder was nooit alleen. Er was altijd een van ons bij haar.'
'Ook 's nachts?'

Angela schudde haar hoofd.
'Elke dag – zo was onze afspraak – assisteerden wij moeder hier om beurten op de praktijk. Daarvoor beloonde ze ons.'
Christina knikte bevestigend.
'Vorstelijk.'
De Cock wendde zich weer tot Angela.
'Toen het uw beurt was om haar te assisteren, trof u uw moeder 's morgens hangend aan de deur.'
Angela liet haar hoofd zakken.
'Het was verschrikkelijk. Ik heb gegild. Het was heel eng om moeder zo te zien hangen. Ik wist niet wat ik moest doen. Ik heb Beatrijs en Christina gebeld. Die zijn onmiddellijk gekomen.'
'Wat betekent: onmiddellijk.'
'Een uur... vijf kwartier. Zo lang is het ongeveer rijden vanaf Putten.'
'Putten?'
Angela schonk hem een flauwe glimlach.
'Het Speulder- en Sprielderbos ligt bij Putten.'
'In die tussentijd hebt u haar laten hangen?'
'Ja.'
'U wist zeker dat ze dood was?'
Angela knikte resoluut.
'Zonder enige twijfel. Ik heb nog aan haar gevoeld. Haar handen waren steenkoud.'
'Aan de situatie hebt u verder niets veranderd?'
Angela maakte een hulpeloos gebaar.
'Ik kon alleen niets doen. Later, toen we met ons drieën waren, hebben wij moeder iets opgetild en de strop van haar hals getrokken. Daarna hebben we haar in haar slaapkamer op bed gelegd.'
'Waar is die strop gebleven?'
'Die hebben we weggegooid.'
'Waarom?'
Angela blikte naar haar zusters.
'We vonden het griezelig om die strop te bewaren. Er kleefde zo'n afschuwelijke herinnering aan.'
De Cock wreef over zijn kin.
'Weet een van u iets over knopen?'

De drie zusters schudden hun hoofd.
'Kende u het materiaal, waarvan de strop was gemaakt?'
'Nee.'
'Nooit ergens hier in huis eerder gezien?'
Angela schudde haar hoofd.
'Het was een wit gevlochten koord, zoals op zeilboten wordt gebruikt. Ik dacht van katoen.' Ze stak haar rechterduim omhoog. 'Ongeveer zo dik.'
'Had ze een afscheidsbrief geschreven?'
Angela keek hem verwonderd aan.
'Een afscheidsbrief?'
De Cock knikte.
'Vaak wordt in zo'n brief verwezen naar een voorval – een aanleiding – geeft men een motivatie voor zijn of haar daad.'
Angela trok haar schouders op.
'We hebben niets gevonden. En eerlijk gezegd: niemand van ons heeft aan een afscheidsbrief gedacht.'
Ze zweeg even en keek De Cock uitdagend aan.
'Zelfmoord,' ging ze verder, 'is voor ons geen alledaags fenomeen.'
De Cock slikte de terechtwijzing.
'Was uw moeder depressief, neerslachtig? Waren er moeilijkheden? Heeft ze wel eens met zelfmoord gedreigd – daarover gesproken?'
Angela schudde haar hoofd.
'Wij hebben daar nooit iets van gemerkt.'
'Er moet toch iets zijn geweest wat haar kwelde? Een zelfmoord is in de regel geen plotseling besluit. Er gaat vrijwel altijd iets aan vooraf.'
Angela maakte een hulpeloos gebaar.
'Wij hebben nooit gemerkt dat er iets was wat haar kwelde.'
'Ik neem aan,' sprak De Cock vriendelijk, 'dat de verstandhouding tussen u en uw moeder niets te wensen overliet.'
Angela's gezicht verstrakte.
'Aan die verstandhouding mankeerde niets.'
'Hoe... eh, hoe reageerde zij op de avances van Aard van de Koperberg?'
Angela zweeg. Demonstratief. In de stilte die viel, nam Beatrijs het woord.

’Het streelde haar wel dat er een man was die veel notitie van haar nam,’ antwoordde ze zacht. ’Ze vond het wel grappig, maar toen Aard van de Koperberg op een huwelijk aandrong, werd ze nerveus. Ik denk dat ze bang was voor de gevolgen.’
Angela kwam bits tussenbeide.
’Wij hadden nooit toegestaan dat ze met die man trouwde.’
’Waarom niet?’
Angela klemde haar lippen opeen.
’Dat zei ik u toch al. Aard van de Koperberg was op haar geld uit.’
Christina reageerde plotseling furieus.
’Dat mag je niet zeggen, Angela,’ sprak ze bestraffend.
’Dat is jouw idee, jouw vermoeden. Jij hebt het altijd over geld, over bezit. Jij denkt altijd dat iedere man die ons benadert alleen maar op ons geld uit is. Als moeder met Aard van de Koperberg had willen trouwen, dan had ik haar dat geluk best gegund.’
De Cock keek haar onderzoekend aan.
’Was... eh, was Aard van de Koperberg dikwijls onderwerp van discussies?’
Christina knikte.
’We zijn het daarover nooit met elkaar eens geworden. Angela en ik. De tegenstellingen tussen ons waren onoverbrugbaar.’
De Cock wuifde het onderwerp weg. De oude rechercheur trachtte nog steeds het waarom van de zelfmoord te doorgronden.
’Wie was de huisarts van uw moeder?’
Angela bromde.
’Ze was nooit ziek.’
’Moeder had toch wel een huisarts?’
’Ze was nooit ziek, dat zei ik toch. Waarom heb je dan een huisarts nodig? Bovendien, moeder was best in staat om haar eigen kwaaltjes te behandelen.’
De Cock voelde een lichte wrevel in zich opkomen. De antwoorden van de dochters bevielen hem niet. Hij had het gevoel niet dichter bij de naakte waarheid te komen. Voortdurend botste hij tegen een niet te slechten muur van onwil. Hij besloot het verhoor van de dochters nog eens te herhalen, maar dan separaat. Zonder dat ze elkaar konden beïnvloeden.

De Cock zuchtte diep.
'Welke arts heeft officieel de dood van uw moeder geconstateerd? Ik bedoel: wie gaf de gebruikelijke verklaring van overlijden af?'
De dochters keken elkaar aan. Niemand antwoordde.
De Cock richtte zich weer tot Angela.
'Volgens de registers van de burgerlijke stand leeft uw moeder nog.'
Angela keek de oude rechercheur strak aan.
'Dat moet zo blijven.'
De Cock trok rimpels in zijn voorhoofd.
'Moeder is dood.'
Angela schudde haar hoofd.
'Moeder is niet dood,' sprak ze afgemeten. 'Dat moet u goed beseffen. Moeder is niet dood. Moeder leeft en ze zal eeuwig blijven leven. Moeder is onsterfelijk. Van deze absolute waarheid zijn al onze patiënten doordrongen.'
Ze wuifde om zich heen.
'Christina, Beatrijs en ik zetten hier aan de Brouwersgracht haar heilzaam werk gewoon voort. Moeder heeft ons voldoende ingewijd om dat te kunnen doen. Van de waarheid, dat moeder onsterfelijk is, zullen wij met ons drieën blijven getuigen.'
Angela stak dreigend haar wijsvinger omhoog.
'Ik verbied u met klem om openbaar te maken wat u van ons hier over moeder hebt gehoord.'
De Cock bedwong een spottende opmerking en liet het onderwerp verder rusten.
'Wat is er met het lichaam van moeder gebeurd?'
Angela draaide haar hoofd weg en zweeg.
De Cock richtte zich tot Christina van wie hij meer openheid verwachtte.
'Wat is er met het lichaam van moeder gebeurd?' herhaalde hij kalm.
Christina van Boskoop sloot even haar ogen.
'Het was ons gezamenlijk besluit,' sprak ze gedragen, 'om de dood van moeder niet openbaar te maken, aan niemand te melden.'
De Cock schudde zijn hoofd.
'Dat kan toch niet.'

Christina keek hem onverstoord aan.
'Het is precies zoals Angela zei: de gedachte dat moeder onsterfelijk was, moet bij onze patiënten blijven leven. Dat is een primaire voorwaarde voor hun totale genezing.'
In een gebaar van wanhoop stak De Cock zijn armen omhoog. Hij kwam er niet doorheen. De kring van waanzin bleef voor hem gesloten.
'Dat klinkt prachtig,' riep hij opgewonden. 'Uw onsterfelijke moeder is een factor voor genezing. Prachtig.'
Het klonk spottend.
'Maar het is geen antwoord op mijn vraag. Wat gebeurde met het lichaam van uw moeder?'
Christina zuchtte diep.
'We hebben haar verstilde lichaam,' antwoordde ze geduldig, 'twee dagen later naar onze bungalow op de Veluwe gebracht. Daar, in het Speulder- en Sprielderbos, bij het licht van de volle maan, hebben we haar begraven.'

De Cock en Vledder liepen van de Brouwersgracht via de Singel naar de Korte Korstjespoortsteeg. Het regende nog steeds. Het water drupte uit de bomen langs de gracht. Een witte rondvaartboot gleed haast geruisloos met beregende ruiten aan hen voorbij.
De Cock trok de kraag van zijn jas omhoog en schoof zijn oude hoedje iets naar voren. Zijn breed gezicht stond somber. Hij had het onbestemde gevoel dat hij het verhoor aan de Brouwersgracht niet goed had aangepakt... dat hij elementen had gemist. In zijn lange loopbaan bij de recherche was hij in de meest vreemde situaties verzeild geraakt, maar drie dochters die de dood van hun moeder geheimhielden en haar daarna in een bos begroeven, was hij nog niet eerder tegengekomen.
In diep gepeins verzonken verviel de oude rechercheur in een slome slenterpas. In de cadans van die trage tred lieten zijn gedachten zich, zo wist hij, het beste ordenen. De grijze massa onder zijn schedeldak gonsde van activiteit. Koortsachtig zochten zijn hersenen naar een oplossing voor een probleem waarvan hij de draagwijdte nog niet kon overzien.
Vledder keek hem van terzijde aan.
'Wat moeten we hiermee?'

In zijn stem trilde een lichte wanhoop.
'De zelfmoord van Alida van Boskoop blijft een raadsel. Die dochters vormen een gesloten front.'
De Cock schudde geërgerd zijn hoofd.
'Wat die drie hebben uitgespookt,' riep hij geëmotioneerd, 'kan natuurlijk helemaal niet, het is volkomen in strijd met de wet op de lijkbezorging. Zelfmoord is een gewelddadige dood. Daar hoort een gemeentelijke lijkschouwer aan te pas te komen. Er moet ook een gedegen proces-verbaal worden opgemaakt voor de officier van justitie. Bovendien mag niemand worden begraven zonder een schriftelijk verlof van de ambtenaar van de burgerlijke stand.'
Vledder zuchtte.
'Ik begrijp de beweegredenen van die dochters wel. Het is zuiver commercieel gedacht. Ze willen aan de dood van hun moeder geen openbaarheid geven. Ze moet onsterfelijk blijven. Het bekendmaken van haar dood schaadt de geloofwaardigheid en de verdiensten.'
'Absoluut.'
Vledder grijnsde.
'Ik denk dat die praktijk aan de Brouwersgracht een goudmijntje voor hen is.'
De jonge rechercheur zweeg even.
'Kunnen we dat lijk van Alida van Boskoop niet gewoon in dat Speulder- en Sprielderbos laten liggen?'
De Cock keek hem verbijsterd aan.
'En dan?' vroeg hij bijtend. 'De zaak laten zoals hij nu is, alsof wij op de Brouwersgracht geen onderzoek hebben ingesteld? Moeten we net als die dochters de mythe laten voortduren dat de onsterfelijke Alida van Boskoop nog steeds leeft? En wat wil je aan onze aangever, aan Aard van de Koperberg vertellen: leugenachtig, dat ze inderdaad zit te zonnen in Zuid-Frankrijk?'
Vledder boog beschaamd zijn hoofd.
'Het was een stomme opmerking van me,' antwoordde hij timide. 'Het was een poging tot vlucht. Zo moet je dat zien. Ik dacht even aan al de problemen die nog op ons afkomen.'
De Cock schudde zijn hoofd.
'Die kun en mag je niet ontwijken,' verzuchtte hij. 'Dat is de ellende van ons vak. Als je iets strafbaars te weten komt, zit je

met een probleem. Wie kennis vermeerdert, vermeerdert smarten.'
Vledder blikte opzij.
'Een kreet van je oude moeder?'
De Cock schudde zijn hoofd.
'Een oud bijbelwoord. Je moet als rechercheur alleen oppassen dat je geen fouten maakt.'
'Zoals?'
'Je door die waanzin laten overrompelen.'
Vledder glimlachte.
'Dat gebeurt jou niet.'
De Cock negeerde de opmerking.
'Er zal een exhumatie moeten komen.'
Vledder keek hem verrast aan.
'Een exhu... wat?'
De Cock knikte.
'Een ex-hu-ma-tie. Zo heet dat met een vreemd woord. Het lijk van Alida van Boskoop zal in dat Speulder- en Sprielderbos moeten worden opgegraven en na een ambtelijke vaststelling van de dood op een ordentelijke begraafplaats ter aarde worden besteld. Zo hoort dat in een nette samenleving.'
Vledder grinnikte.
'En met onsterfelijkheid houden we ons niet bezig.'
De Cock glimlachte.
'De dood is veel realistischer.'
Vledder knikte voor zich uit.
'Voor een exhumatie moeten we wel weten waar dat lijk ligt.'
'Die plek,' sprak De Cock grimmig, 'zullen de dochters ons moeten aanwijzen. Ik ga ervan uit dat ze wel een of ander gedenkteken hebben geplaatst.'
'En als ze dat niet doen?'
'Wat bedoel je?'
'Ons die plek aanwijzen.'
De Cock ademde diep.
'Dan zullen we zelf moeten gaan zoeken.'
Vledder grijnsde.
'Bij volle maan.'
De Cock reageerde niet. Hij kon het grapje niet erg waarderen. Ze liepen een tijdje zwijgend voort. Plotseling, midden in de

steeg, bleef De Cock staan. Hij schoof zijn oude hoedje terug en staarde omhoog. De motregen besproeide zijn gezicht.
Vledder liep op hem toe en monsterde de vreemde expressie op het gelaat van zijn oude collega.
'Wat is er?' vroeg hij bezorgd.
De Cock draaide zich half om.
'We gaan terug.'
'Naar de Brouwersgracht?'
De Cock knikte.
'Ik wil iets zien.'
'Wat?'
De Cock antwoordde niet. In een fors marstempo, bijna in draf, liep hij terug naar de Brouwersgracht. Ongeduldig belde hij aan. Zijn duim bleef op de bouton rusten.
Na luttele seconden deed Angela van Boskoop open. Ze droeg nog het fraaie gewaad met de tekens van de dierenriem. Het aanhoudend bellen had haar zichtbaar geïrriteerd. Haar gezicht zag rood en haar donkere ogen fonkelden kwaadaardig.
'Wat komt u doen?' snauwde ze. 'U hebt geen recht om hier binnen te komen. U moet een bevel...'
De Cock luisterde niet. Hij duwde haar opzij. Met Vledder op zijn hielen stoof hij de lange gang in naar het lege wachtvertrek. Vandaar stapte hij dreunend naar de behandelkamer en hield de deur half open. Van voor de fluwelen troon pakte hij het roodlederen bankje, schoof dit naar de deur en klom omhoog. De inspectie aan de bovenzijde van de deur duurde slechts kort. Hij kwam van het bankje af en keek naar Angela, die trillend van woede voor hem stond.
'Moeder,' sprak hij strak, 'pleegde geen zelfmoord.'
Ze keek hem verward aan.
'Geen zelfmoord?'
De Cock schudde zijn hoofd.
'Ze werd vermoord.'

5

Angela keek de oude rechercheur secondenlang aan. Haar lichaam verslapte. De woede vergleed, maakte plaats voor totale verbijstering. Haar mond zakte half open.
'Moord?'
De Cock knikte nadrukkelijk.
'Zonder twijfel.'
Angela bleef hem aanstaren.
'Moord?'
Het leek alsof het woord geen vat op haar had.
De oude rechercheur ging aan haar verbijstering voorbij. Hij wendde zich tot Vledder.
'Laat Bram van Wielingen komen om de bovenkant van die deur te fotograferen. En waarschuw ook Ben Kreuger. Voor de zekerheid. Er komen hier dagelijks veel mensen over de vloer. Ik verwacht niet veel meer van een dactyloscopisch onderzoek, maar je kunt nooit weten. Misschien zit er ergens een fragmentje dat ons verder helpt.'
Vledder pakte de telefoon, die naast de fluwelen troon op een marmeren bijzettafeltje stond.
Angela van Boskoop kwam plotseling tot actie. Ze ontblootte haar tanden en griste wild de hoorn uit de hand van de jonge rechercheur.
'Ik... eh, ik,' siste ze. 'Ik moet hier niet nog meer van die vreemde mensen over de vloer.'
Vledder probeerde haar de telefoon weer te ontfutselen, maar De Cock, bevreesd voor een ordinaire worstelpartij, beduidde hem om niet verder te reageren.
'Bel maar ergens anders.'
De jonge rechercheur verliet met een rood hoofd en zichtbaar geïrriteerd de behandelkamer.
Angela keek hem honend na. Ze legde de hoorn op het toestel terug en stapte op De Cock af.
'Moord!' schreeuwde ze met overslaande stem. 'Wat is dat voor pure onzin. Wie haalt het in zijn hoofd om moeder te vermoorden? Moeder had geen vijanden. Integendeel. De mensen waren dol op haar.'

Ze zweeg even. In haar ogen blonk wantrouwen. Haar toon veranderde.
'Waarom is het moord?'
De Cock wees langs de deur omhoog.
'De houtvezels wijzen de verkeerde kant op.'
'Houtvezels?'
De Cock knikte gedwee.
'Die deur is van hout,' reageerde hij simpel.
'Wat... eh, wat zeggen die houtvezels?' vroeg ze opstandig.
De Cock ademde diep.
'Bij een zelfmoord door ophanging wijzen de beschadigde houtvezels aan de bovenzijde van de deur in de richting van het slachtoffer. Het touw of het koord dat voor de ophanging wordt gebruikt, duwt de houtvezels door het gewicht van het slachtoffer in die richting.'
'Dat is niet gebeurd?'
De Cock schudde zijn hoofd.
'U en uw zusters hebben, om de onsterfelijkheid van uw moeder te bewaren, alle verdere sporen van de misdaad uitgewist. Dat is jammer. Onherstelbaar. Ik kan nu niet meer zien hoe hoog uw moeder hing, hoe deskundig het koord was geknoopt, of er een omgestoten stoel of een bankje aan haar voeten lag, welke wurgsporen zij aan haar hals had. Dat zijn allemaal factoren die een rol spelen.'
'Wij hebben alledrie voetstoots aangenomen dat moeder zelfmoord had gepleegd. Het was voor ons een duidelijke zaak. Een andere oorzaak voor haar dood is niet bij ons opgekomen.'
De Cock negeerde de opmerking. Hij hield zijn hoofd iets schuin.
'Lag er een omgestoten stoel of een bankje aan haar voeten?' vroeg hij dwingender. 'Waren er sporen van braak? Was er in deze kamer of verder in het huis naar iets gezocht?'
Angela trok haar schouders op.
'Dat weet ik niet meer,' reageerde ze geprikkeld. 'Het kan best zijn dat ik in paniek iets heb opgeraapt, rechtgezet. Ik kan mij dat niet herinneren.'
Angela keek met vlammende ogen naar De Cock op.
'Er is bij ons niets gestolen!' schreeuwde ze. 'We missen niets, nergens.'

'Geen sporen van braak?'
'Ook geen sporen van braak. De buitendeur was normaal op slot.'
Ze keek hem uitdagend aan.
'En als u het mij vraagt,' snauwde ze op bijtende toon, 'ik vind het ook niet belangrijk of er een omgestoten stoel of een bankje aan haar voeten lag. Moeder pleegde zelfmoord. Punt uit. Die overtuiging hebben mijn zusters en ik. Dat stomme verhaal van u over houtvezeltjes zegt mij niets.'
De Cock zuchtte diep. Het kostte hem moeite om zijn geduld te bewaren.
'Ik vermoed,' ging hij geduldig verder, 'dat uw moeder is gewurgd en dat de dader pas later een strop om haar hals heeft gelegd en haar met het koord langs de deur omhoog heeft gehesen.'
De oude rechercheur boog zich iets naar haar toe.
'Ik neem aan dat het koord aan de andere kant van de deur, dus aan de kant van de wachtkamer, aan de deurknop was vastgemaakt.'
Angela knikte traag.
'Dat klopt.'
De Cock spreidde zijn handen.
'Door het hijsen wijken de geknakte houtvezels boven aan de deur van het slachtoffer af.'
Hij schonk haar een moede glimlach.
'Het is in feite heel simpel. Men moet er wel even op letten. Ik hoop dat bij een gerechtelijke autopsie nog iets van de wurgsporen aan de hals van uw moeder zijn terug te vinden.'
Angela keek hem geschrokken aan.
'Autopsie?'
Het klonk als een vloek.
De Cock knikte.
'Dat is onvermijdelijk.'
In de blik van Angela kwam de woede terug.
'Nooit, nooit... ik sta nooit toe dat er een autopsie op moeder wordt verricht.'

Vledder kwam in de behandelkamer terug.
'Bram van Wielingen en Ben Kreuger worden gewaarschuwd,'

berichtte hij. 'Het kan nog wel even duren voor ze komen. Ze waren allebei nog met een klus bezig.'
De Cock knikte begrijpend. Hij wees naar de nog briesende Angela.
'Breng haar boven naar haar kamer en kom terug met Christina.'
Angela keek hem verwilderd aan.
'Ik ga hier niet weg.'
De milde expressie op het gelaat van De Cock veranderde.
Hij zette zijn benen iets uiteen. De lijnen rond zijn mond trokken strak.
'Ik heb uw balorig gedrag lang genoeg getolereerd,' sprak hij streng. 'Ik heb rekening willen houden met uw gevoelens, met uw verdriet. De schok door de dood van uw moeder zal uw onwelvoeglijk gedrag zeker hebben beïnvloed.'
Hij bracht zijn handen bezwerend naar voren.
'Wat is uw keus... dat ik vanaf het politiebureau aan de Warmoesstraat een stel geüniformeerde politiemensen laat opdraven om u hier op de Brouwersgracht met veel tamtam te arresteren en af te voeren?'
Angela kneep haar ogen half dicht.
'Is dat een bedreiging?'
'Zo mag u dat opvatten.'
'Arresteren... waarvoor?'
De Cock strekte zijn wijsvinger naar haar uit.
'U belemmert en belet mij om mijn werk te doen. U mag dan twijfelen aan mijn bevindingen, maar ik verzeker u nogmaals dat uw moeder is vermoord en dat het tot mijn taak behoort om de man of vrouw te ontmaskeren die voor deze daad verantwoordelijk is.'
Hij zweeg even voor het effect.
'Bovendien hebben u en uw zusters zich, rondom de dood van uw moeder, aan een reeks andere strafbare handelingen schuldig gemaakt, die zo'n arrestatie volkomen rechtvaardigen.'
De milde expressie kwam op het gezicht van de grijze speurder terug.
'Het liefst zou ik deze affaire in goede harmonie met u en uw zusters willen oplossen. Ik heb daarvoor wel uw medewerking nodig.'

Angela keek hem schattend aan.
'Blijft de dood van moeder buiten de pers?'
De Cock maakte een verontschuldigend gebaar.
'Ik zoek geen publiciteit. Ik heb daar persoonlijk geen enkel belang bij. Maar ik kan u in dit verband niets garanderen.'
'Dat lijkt mij een eerlijk antwoord,' sprak Angela berustend.
'Ik zal mijn zusters boven inlichten. Ik zal hen zeggen hoe u de dood van moeder kwalificeert.'
Ze wendde zich tot Vledder.
'U hoeft mij niet weg te brengen,' sprak ze kalm. 'Ik ga zelf wel en stuur Christina.'
Met gestrekte rug liep ze waardig de behandelkamer uit.

De Cock keek haar na, ademde diep en ontdeed zich van alle ergernis die ze bij hem had opgeroepen.
Toen de deur achter haar was dichtgevallen, liep Vledder naar hem toe. 'Wat een serpent,' siste hij tussen zijn tanden. 'Een verschrikkelijk mens. Als ik die hoorn van de telefoon niet had losgelaten, had ze subiet in mijn hand gebeten. Ze had haar vurige lippen al opgetrokken. Het is dat jij zichtbare bezwaren had. Persoonlijk had ik haar het liefst een fikse draai om haar oren verkocht.'
De Cock glimlachte.
'Dat is zinloos geweld.'
Vledder grinnikte.
'Ik had het als uiterst zinvol ervaren. Waarom doet dat mens zo halsstarrig? Ze moet blij zijn dat we haar en haar gehele familie niet stante pede achter slot en grendel hebben gezet.'
De Cock schudde zijn hoofd.
'De fout ligt bij mij. Toen zij vertelden dat moeder zelfmoord had gepleegd, had ik onmiddellijk naar die houtvezels moeten kijken. Dat kwam jammer genoeg pas later bij mij op. Ook dat tweede optreden van mij was niet zo sterk.'
Vledder maakte een afwerend gebaar.
'Maar dat is voor haar toch geen reden om...'
De jonge rechercheur stokte.
Christina kwam de behandelkamer binnen. Ze had gehuild. Haar donkere ogen waren rood omrand en haar make-up was uitgelopen. Ze bleef voor De Cock staan.

'Angela zegt,' sprak ze zacht, 'dat onze moeder werd vermoord.'
De oude rechercheur knikte.
'Dat is zo.'
'Geen zelfmoord?'
'Nee.'
Christina keek op. Haar onderlip trilde.
'Ik... eh, ik vond het al zo vreemd,' hakkelde ze.
'Moeder was in mijn ogen geen vrouw die zichzelf van het leven zou beroven. Daarvoor was ze te opgewekt, te levenslustig.'
Ze maakte een onbeholpen gebaar.
'Maar Angela zei dat het absoluut zeker was dat moeder zelfmoord had gepleegd. Volgens haar wees alles duidelijk in die richting.'
'Dat hebt u toen maar aangenomen?'
'Angela is altijd zo drammerig. In alles. Dan ga ik maar liever niet tegen haar in. Anders hebben we een huis vol ruzie.'
'En Beatrijs?'
'Die is volgzaam.'
'Gehoorzaam aan Angela?'
'Ja.'
'U had uw twijfels?
'Zeker.'
De Cock boog zich iets naar haar toe.
'Bent u bereid om ons bij ons onderzoek naar de dader of daderes behulpzaam te zijn?'
'Wat kan ik doen?'
De Cock schonk haar een beminnelijke glimlach.
'Ons in het Speulder- en Sprielderbos de plek wijzen waar jullie moeder hebben begraven.'
'Dat doe ik.'
'U kunt die plek makkelijk terugvinden?'
Christina knikte.
'We hebben moeders graf met een paar zwerfkeien gemarkeerd.'
'Ligt ze in een kist?'
Christina schudde haar hoofd.
'Dat vonden Angela en Beatrijs niet verstandig. Een doodkist

bestellen, riep volgens hen vragen op. We hebben moeder in dubbel vijverfolie gewikkeld en de folie met speciale lijm dichtgeplakt.'
'Om ongedierte tegen te gaan.'
'Precies.'
De Cock wreef over zijn brede kin.
'Wij... eh, wij zijn niet van plan,' formuleerde hij voorzichtig, 'om uw moeder in het Speulder- en Sprielderbos te laten liggen. We zullen een onderzoek naar de doodsoorzaak moeten instellen.'
'Begrijpelijk.'
De Cock kauwde nadenkend op zijn onderlip. Hij wees naar Vledder.
'Mijn collega en ik zijn hier te voet gekomen. Beschikt u over een auto?'
Christina knikte.
'Een Peugeot drie-nul-zes, hij staat hier aan de wallekant tussen de bomen.'
De Cock gleed met zijn pink over de rug van zijn neus. Het was een gebaar om tijdwinst te krijgen.
'Ik... eh,' begon hij aarzelend, 'ik ben vanmorgen al een paar maal in aanvaring gekomen met uw zuster Angela. Zij wil er niets van horen dat uw moeder door misdrijf om het leven kwam. Zij klampt zich vast aan zelfmoord en is fel gekant tegen een autopsie.'
Christina zuchtte.
'Volgens mij is ze nog steeds niet van gedachte veranderd. Als Angela iets in haar hoofd heeft, dan sla je dat er met geen moker meer uit. Ze heeft Beatrijs en mij alleen gezegd dat u op de onzalige gedachte bent gekomen dat moeder is vermoord. Meer niet. Daarna stuurde ze mij naar beneden.'
De Cock staarde voor zich uit.
'Ik vrees,' sprak hij nadenkend, 'dat we snel zullen moeten handelen. Wanneer we de exhumatie, de opgraving, van uw moeder niet onmiddellijk regelen, dan zou Angela, wellicht gesteund door Beatrijs, wel eens op de gedachte kunnen komen om uw moeder opnieuw te begraven, maar dan op een plek die voor u, en ons, geheim blijft.'
Christina keek hem vragend aan.

'Wat wilt u?'
De Cock wees opnieuw naar Vledder.
'U wijst mijn collega de plek waar uw moeder begraven ligt.'
Hij wendde zich tot Vledder.
'Jij neemt contact op met de plaatselijke politie. Je legt uit wat er aan de hand is en vraagt of ze jou bij de exhumatie behulpzaam willen zijn. Vraag ook om een fotograaf voor een uitgebreide reportage van de werkzaamheden. Als de exhumatie eenmaal heeft plaatsgevonden, verlies je het lijk geen moment meer uit het oog. Je chartert een ambulancewagen en begeleidt het lichaam van mevrouw Alida van Boskoop naar Amsterdam en deponeert het in het sectielokaal op Westgaarde.'
Vledder keek hem beteuterd aan.
'Jij gaat niet mee?'
De Cock schudde zijn hoofd.
'Ik blijf op Bram van Wielingen en Ben Kreuger wachten. Als ik hier wegga, dan loop ik de kans dat onze Angela die houtvezelsporen aan de deur uitwist. Ik acht haar ertoe in staat.'
Vledder knikte begrijpend.
'Als de plaatselijke politie moeilijk doet en geen medewerking wil verlenen?'
De Cock grijnsde.
'Dan laat je hen mij bellen.'
'Zal dat helpen?'
'Absoluut.'
Vledder zuchtte.
'Je draagt mij wel een klus op.'
De Cock knikte instemmend.
'Je kunt het aan.'
De oude rechercheur liep op Christina toe en streelde met de rug van zijn hand liefdevol langs de olijfkleurige huid van haar wang.
'En wees onderweg lief voor haar,' sprak hij teder. 'Wij zijn haar veel dank verschuldigd.'

De Cock schoof de mouw van zijn regenjas iets terug en keek op zijn horloge. Hij vond dat de fotograaf en dactyloscoop lang op zich lieten wachten.
Plotseling ging de deur van de behandelkamer open. In de deur-

opening stond Beatrijs.
'Ik wil even met u praten,' lispelde ze.
De Cock wenkte haar naderbij.
'Zeg het maar.'
'Is moeder echt vermoord?'
De Cock knikte.
'Daar ga ik van uit.'
Beatrijs gebaarde omhoog.
'Angela wil het niet geloven. Volgens haar is het flauwekul.'
De Cock trok zijn gezicht in een ernstige plooi.
'Het is mijn vak. Om een moord door verwurging, met een zelfmoord door ophanging te camoufleren, is een oude truc, die in het verleden dikwijls succesvol is geweest.'
De oude rechercheur glimlachte.
'Wij laten ons nu niet meer bedotten.'
Beatrijs knikte begrijpend. Daarna nam ze een lange pauze, worstelde met een probleem.
'Ik ben getrouwd geweest,' opende ze na een poosje. 'Het heeft niet lang geduurd. Nog geen twee jaar.'
'Gescheiden?'
'Ja.'
'Kinderen?'
'Gelukkig niet.'
'Hebt u nog wel eens contact met uw ex-man?'
Om de mond van Beatrijs gleed een glimlach.
'Soms belt Patrick.'
'Hij heet Patrick?'
Beatrijs knikte.
'Patrick Nederveldt.'
Ze glimlachte.
'Als ik de hoorn opneem, dan begint hij tegen me te praten. Hij is altijd wel lief en bezorgd; wil graag dat ik bij hem terugkom.'
De Cock fronste zijn wenkbrauwen.
'En als de anderen de telefoon opnemen?'
'Dat verbreekt hij de verbinding.'
'Waarom?'
'Patrick heeft een hekel aan Angela en aan mijn moeder. Hij wil niet met hen praten. Ze zijn er beiden schuld aan dat ons huwelijk is gestrand.'

'Is dat zo?'
Beatrijs liet haar hoofd zakken.
'Ik ben zo dom geweest om op hun influisteringen te reageren. Ze vertelden mij dingen over Patrick die achteraf niet waar bleken te zijn. Patrick is daar nogal verbitterd over. Hij wijdt het mislukken van ons huwelijk vooral aan mijn moeder, die van het begin af aan tegen een huwelijk tussen mij en Patrick is geweest. Ze mocht hem niet.'
'U wilt wel naar Patrick terug?'
'Graag.'
De Cock keek haar niet-begrijpend aan.
'Dan gaat u toch?'
Beatrijs van Boskoop slikte. Er blonk een traan in haar donkere ogen.
'Moeder en Angela zijn daar fel op tegen.'
Ze nam opnieuw een lange pauze.
De Cock keek haar schuins aan.
'Wat wil je mij in feite vertellen?'
Beatrijs keek met een bleek gezicht naar hem op. Er gleed een traan over haar wang.
'Als... eh, als moeder is vermoord,' sprak ze zacht, 'dan weet ik wie haar moordenaar is.'
De Cock kneep zijn ogen half dicht.
'Patrick?'
Beatrijs knikte traag.
'Hij heeft gezegd dat hij het zou doen.'

6

’Heb je haar op Westgaarde?’
Vledder knikte.
’Alida van Boskoop ligt met dubbele vijverfolie in de vrieskast. De gerechtelijke sectie is morgenochtend om elf uur.’
De Cock keek hem verwonderd aan.
’Heb je al een afspraak gemaakt?’
Vledder liet zich met een plof op de stoel achter zijn bureau zakken.
’Toen ik vanmiddag op Westgaarde kwam, had dokter Rusteloos net een gerechtelijke sectie beëindigd. Het was zijn vierde: twee in Rotterdam, een in Den Haag en bij ons een stinkend waterlijk. De stank hangt nog in mijn neusgaten.’
De Cock glimlachte.
’Ik ken dat.’
’Onze oude pathaloog-anatoom vond het welletjes voor vandaag. Hij zag er ook vermoeid uit. Maar hij beloofde mij om morgenochtend om tien uur het lijk van Alida van Boskoop open te peuteren.’
De Cock trok een vies gezicht.
’Dat zeg je zo niet,’ sprak hij berispend. ’Men peutert geen lijk open.’
Vledder trok gelaten zijn schouders op.
’Daar komt het toch op neer.’
De jonge rechercheur steunde met zijn ellebogen op zijn bureau. Met een grijns op zijn gezicht keek hij De Cock hoofdknikkend aan.
’Je hebt me wel met wat moois opgeknapt. Wat een soesa daar in dat Speulder- en Sprielderbos.’
’Hoezo?’
Vledder zuchtte diep.
’Ik heb mij eerst door Christina van Boskoop de plek laten aanwijzen waar ze hun moeder hadden begraven. Het is op nog geen honderd meter vanaf hun fraaie villa aan de rand van het bos. Een kleine heuvelrug omzoomd met oude beuken en laag struikgewas. Heel intiem. Heel stil ook. Christina heeft een tijdje in de zachte regen naar het graf van haar moeder staan kij-

ken. Uit piëteit heb ik haar niet gestoord.'
'Netjes van je. Je maakt vorderingen. Hadden we de plek zelf gevonden?'
Vledder trok een bedenkelijk gezicht.
'Zonder hulp... nee.'
'Wat heb je met Christina gedaan?'
'Die heb ik, nadat ik de plek kende, in haar villa gelaten. Ik vond het niet nodig om haar de exhumatie te laten bijwonen.'
De Cock knikte begrijpend.
'Daarna heb je je in verbinding gesteld met de plaatselijke politie?'
Vledder knikte.
'Ik mocht haar Peugeot gebruiken. Het heeft heel wat voeten in de Veluwse aarde gehad voor ik hen zover had gebracht dat ze mij behulpzaam wilden zijn. Een exhumatie zomaar op verzoek van een wildvreemde collega uit Amsterdam, dat ging hen toch te ver.'
'Wat hebben ze gedaan?'
Vledder glimlachte.
'Contact opgenomen met hun eigen officier van justitie. Die heeft weer gebeld met onze officier van justitie in Amsterdam.'
De Cock grinnikte.
'En die wist nog van niets.'
Vledder schudde zijn hoofd.
'Ik heb hem persoonlijk aan de lijn gehad. Meester Van Overwhere. Toen ik uitgebreid verslag had gedaan over het hoe en waarom, heeft hij weer contact opgenomen met hun officier van justitie. Uiteindelijk kreeg ik toestemming en een escorte van twee, dat moet ik zeggen, prettige collega's.'
De Cock keek hem fronsend aan.
'Jullie zijn toch niet zelf gaan graven?'
Vledder lachte.
'Een van de dienders, die tevens als fotograaf fungeerde, kende een plaatselijke doodgraver, een sombere vijftiger op zwartgelakte klompen, die het graven in het Speulder- en Sprielderbos wel spannend vond.'
'Hindernissen?'
'Hoe bedoel je?'
'Moeilijkheden bij het graven?'

Vledder schudde zijn hoofd.
'Toen we de zwerfkeien die de dochters op het graf van hun moeder hadden gestapeld, hadden verwijderd, was het gauw gebeurd. Ze lag niet diep. Nog geen halve meter.'
'De ambulance?'
'Dat gaf ook geen moeilijkheden. Een telefoontje vanuit de villa van Christina was voldoende.'
De jonge rechercheur leunde in zijn stoel achterover en stak zijn wijsvinger omhoog.
'Ik heb nog iets gedaan.'
'Wat?'
'De vijverfolie waarin het lijk lag, gedeeltelijk opengesneden. Bij het hoofd.'
'Waarom?'
'Voor de herkenning. Een van de dienders heeft Alida van Boskoop wel eens aan de Brouwersgracht geconsulteerd voor een migraine, waar hij niet van afkwam.
Toen hij mij dat vertelde, leek het mij een goed idee om hem voor de herkenning als getuige te gebruiken. Ik heb het lijk, dat er nog redelijk goed uitzag, later ook aan dochter Christina laten zien. Beide herkenningen waren positief.'
De Cock keek zijn jonge collega bewonderend aan.
'Prima,' riep hij enthousiast. 'Je ontplooit al eigen initiatieven. Fantastisch. Nog even en ik kan met pensioen.'
Vledder grijnsde.
'Wacht daar nog even mee.'
De Cock lachte.
'Goed... nog even dan.'
De oude rechercheur trok rimpels in zijn voorhoofd.
'Hoe reageerde dochter Christina op het weerzien met haar dode moeder?'
'Tamelijk onbewogen. Kil, afstandelijk. Ik heb bij haar geen spoortje van rouw of verdriet gezien.'
'Heb je tijdens jullie rit naar het Speulder- en Sprielderbos nog met haar over de moord op haar moeder gesproken?'
Vledder schudde zijn hoofd.
'Ik verhoor niet zo graag. Dat laat ik liever aan jou over.'
'Ze heeft ook niets uit zichzelf gezegd?'
'Nee.'

De Cock plukte aan zijn neus.
'Ik heb met Beatrijs gesproken. Terwijl ik aan de Brouwersgracht op Bram van Wielingen en Ben Kreuger wachtte, kwam ze naar me toe.'
'En?'
'Ze wist wie haar moeder had vermoord.'
Vledder keek hem gespannen aan.
'Ze kent de moordenaar?'
In zijn stem trilde ongeloof.
De Cock knikte.
'Beatrijs is getrouwd geweest met ene Patrick Nederveldt. Het huwelijk heeft maar twee jaar geduurd. Toen volgde de scheiding. De schuld van het stranden van het huwelijk lag volgens Beatrijs bij haar moeder en haar zuster Angela. Die twee hebben net zolang gestookt, Patrick Nederveldt van buitenechtelijk geknutsel beticht, tot Beatrijs met een scheiding instemde.'
Vledder gebaarde ongeduldig.
'En?'
'Toen Patrick Nederveldt na jaren de achtergronden van de scheiding vernam, probeerde hij Beatrijs te bewegen om opnieuw met hem te trouwen. Moeder Alida wilde daar niets van weten. Zij wilde onder geen beding een tweede huwelijk. Zij en zuster Angela belemmerden vrijwel elk contact. Ze stonden zo nu en dan een telefoongesprek toe. Meer niet. Verder hielden ze Beatrijs min of meer gevangen.'
Vledder keek hem ongelovig aan.
'Dat kan toch niet in deze tijd?'
De Cock maakte een hulpeloos gebaar.
'Blijkbaar wel. Ik geloof dat wij de invloed van moeder Alida en zuster Angela niet mogen onderschatten. Ze hebben dominante karakters.'
'Hoe reageerde Patrick?'
'Die was des duivels. Hij zon op wraak, beraamde plannen voor ontvoeringen. Hij had het vooral op moeder Van Boskoop gemunt. Volgens Patrick was vooral zij schuld aan alles. Diverse malen heeft hij gedreigd haar te zullen vermoorden. Soms kwam hij de volle wachtkamer aan de Brouwersgracht binnenstormen en schold haar de huid vol. Letterlijk zou hij, in bijzijn van vele getuigen, hebben gezegd: *Als je Beatrijs niet loslaat,*

draai ik op een goede dag je nek om.'
Vledder keek hem onderzoekend aan.
'Zie je er wat in?'
De Cock knikte traag.
'Beatrijs en Patrick Nederveldt hebben een paar maanden samen aan de Brouwersgracht gewoond. Hij heeft nog een sleutel van het huis.'
'Heb je hem opgevraagd?'
'Ja.'
'Zit hij in onze administratie?'
De Cock knikte.
'Terzake dierenmishandeling.'
'Dierenmishandeling?'
De Cock knikte opnieuw.
'Toen hij vijftien jaar was, heeft hij een kat aan een deurknop opgehangen.'

De vrouw die de grote recherchekamer binnenstapte, droeg zwarte wollen kousen en liep op platte schoenen. Ze had lang, sluik haar, dat nat en onverzorgd langs haar hoofd hing. Van de groene loden jas die ze droeg, drupte het regenwater.
Voor het bureau van de grijze speurder bleef ze staan.
'U bent rechercheur De Cock?'
De oude rechercheur knikte.
'De Cock... eh, met ceeooceekaa.'
De vrouw glimlachte. Er gleed een kuiltje in haar wang en haar lippen krulden. Het gaf aan haar lang bleek gezicht een lieflijke uitstraling.
'Dat weet ik. Mijn man heeft mij gezegd hoe uw naam gespeld moet worden.'
'Uw man?'
De vrouw knikte.
'Hij was gisteravond laat nog bij u... Andries Korreman. Wij wonen in Ouderkerk aan de Amstel, aan de Willem van Egmontlaan.'
De Cock bedacht zich een moment en strekte toen zijn wijsvinger naar haar uit.
'Dan bent u Nanette?'
'Inderdaad.'

'Hoe gaat het met Elisa?'
Het gezicht van Nanette Korreman versomberde.
'Haar lot ligt in handen van Onze-Lieve-Heer. Maar ik heb goede hoop dat Hippocratine en haar dochters Elisa zullen genezen.'
De Cock fronste zijn wenkbrauwen.
'Hippocratine?' vroeg hij met gespeelde verwondering. 'U bedoelt mevrouw Alida van Boskoop.'
Op het smalle gelaat van Nanette Korreman kwam een harde trek.
'Voor mij is zij Hippocratine,' sprak ze met nadruk, 'de vrouw die van Onze-Lieve-Heer de gave van de geneeskunst heeft gekregen en die gave weer aan haar dochters heeft overgedragen. Volgens het bijbelwoord is aan haar gezegd: geneest de kranken, reinigt de melaatsen, wekt de doden en werpt de duivelen uit.'
Nanette Korreman zweeg en wees naar de stoel naast het bureau van De Cock.
'Mag ik gaan zitten?'
De oude rechercheur kleurde.
'Neemt u plaats,' sprak hij gehaast. 'Neemt u plaats. Mijn verontschuldiging dat ik u zo lang heb laten staan. Ik was niet alert genoeg. Het kwam omdat uw betoog mij zo boeide.'
De Cock pauzeerde om haar de gelegenheid te geven haar zware loden regenmantel los te knopen.
'Ik... eh, ik heb de reden van uw komst nog niet gehoord.'
Nanette Korreman verschoof iets op haar stoel.
'Die heer Van de Koperberg uit Amstelveen heeft weer gebeld. Hij vroeg of ik al bij u was geweest. Toen ik hem zei dat ik mijn man naar de recherche had gestuurd, was hij teleurgesteld. Hij vroeg mij of ik toch even de moeite wilde nemen om zelf te gaan.'
'Waarom?'
'Ik ken Hippocratine en haar dochters nog van vroeger. Dat heb ik die heer Van de Koperberg eens verteld toen we samen in de wachtkamer zaten. Hij meende dat ik u misschien enige informatie kon verschaffen die u kon gebruiken bij uw onderzoek.'
'U kent haar van vroeger?'
Nanette Korreman knikte.

'Ik kom oorspronkelijk uit Putten. Daar ben ik geboren. Hippocratine komt ook uit Putten. Samen met haar dochters woonde ze niet ver van ons vandaan. Haar dochters zijn ongeveer van mijn leeftijd. Christina zat bij mij in de klas. Ik heb dikwijls met haar gespeeld. Maar mijn ouders zagen niet graag dat ik met haar omging.'
De Cock keek haar niet-begrijpend aan.
'Om welke reden?'
Op het gezicht van Nanette Korreman kwam een smartelijke trek.
'Hippocratine was een ongehuwde moeder. Angela, Beatrijs en Christina hebben hun vaders, hun verwekker nooit gekend. Voor mijn ouders was dat een grote schande. Er waren er meer bij ons in de gemeente die er zo over dachten. Ze waren niet zo erg gezien. Ik vermoed dat Hippocratine en haar dochters daarom naar Amsterdam zijn getrokken.'
'Had Hippo... eh, ik bedoel Alida van Boskoop in Putten al een reputatie als chiromantiste?'
Nanette Korreman knikte nadrukkelijk. Haar helgroene ogen glinsterden.
'Hippocratine heeft destijds in Putten heel veel mensen geholpen en genezen. Ik was als jong meisje al onder de indruk van haar verschijning en genoot van de verhalen die over haar de ronde deden... prachtige verhalen over wonderbaarlijke genezingen, zoals ik die vanuit de bijbel kende.'
De Cock gebaarde in haar richting.
'Haar dochters wonen nu aan de rand van het Speulder- en Sprielderbos.'
'Dat weet ik. Ze komen om beurten naar Amsterdam om Hippocratine bij te staan.'
De Cock keek haar onderzoekend aan.
'U bent goed geïnformeerd.'
'Zeker. Ik ben geïnteresseerd gebleven.'
De Cock aarzelde even.
'Weet u dat Hippocra... eh, ik bedoel Alida van Boskoop, van zichzelf heeft gezegd dat ze onsterfelijk is?'
Nanette Korreman knikte.
'Dat is ze ook. Onsterfelijk. De dood heeft voor Hippocratine geen enkele betekenis.'

Het gezicht van De Cock verstrakte.
'Maar de onsterfelijke is dood.'
Nanette Korreman keek hem verbijsterd aan.
'Dood?'
De Cock ademde diep. Hij wees voor zich uit.
'Mijn collega Vledder,' sprak hij somber, 'heeft haar ontzielde lichaam vanmiddag in het Speulder- en Sprielderbos gevonden. Ze lag in een primitief graf onder een stapel zwerfkeien.'
Nanette Korreman staarde wezenloos voor zich uit. Na enige tijd schudde ze haar hoofd.
'Dat was niet Hippocratine.'
De Cock wreef met zijn vlakke hand over zijn breed gezicht.
'Christina heeft mijn collega de plek gewezen waar de dochters haar in het Speulder- en Sprielderbos hadden begraven. Christina heeft het gevonden lichaam als dat van haar moeder herkend.'
Het gezicht van Nanette Korreman werd wasbleek.
'Het is tijdelijk,' sprak ze versluierd. 'Niet voor eeuwig. Hippocratine is niet dood. Haar ziel is even weg voor een korte trip naar de hemel. Ze zal in haar volle glorie terugkeren.'
De Cock krabde met zijn beide handen over zijn voorhoofd. Peinzend zocht hij naar een goede voortzetting van zijn verhoor.
'Nanette Korreman,' sprak hij bezwerend, 'lieve vrouw, ik gun u uw fantasieën.'
'Het zijn geen fantasieën.'
De Cock zuchtte.
'Ik gun u uw persoonlijke overtuigingen, ik gun u uw overdenkingen, uw geestelijk houvast. U mag van mij geloven dat de onsterfelijke Hippocratine niet dood is. Misschien is het voor uw gemoedsrust zelfs goed dat u uw geloof in haar onsterfelijkheid behoudt, maar ik heb mij als rechercheur van politie aan de realiteit te houden. Ik heb geen andere keus.'
De oude rechercheur zweeg even. Vermoeid.
'Hippocratine, voor ons Alida van Boskoop, stierf ongeveer veertien dagen geleden. Haar dochters waren van mening dat hun moeder zelfmoord had gepleegd. Omdat men haar overlijden niet openbaar wilde maken, hielden ze haar dood geheim en begroeven haar in het Speulder- en Sprielderbos. Ons onder-

zoek heeft echter uitgewezen dat Alida van Boskoop geen zelfmoord heeft gepleegd, maar werd vermoord.'
Nanette Korreman keek hem geschrokken aan.
'Vermoord?'
De Cock knikte.
'Dat is mijn overtuiging.'
De oude rechercheur boog zich iets naar haar toe.
'Wist u dat Beatrijs getrouwd is geweest?'
Nanette Korreman knikte.
'Ze zijn alledrie getrouwd geweest.'
De mond van De Cock zakte iets open.
'Alledrie?'
Nanette Korreman knikte opnieuw.
'Alledrie... en alledrie de huwelijken zijn gestrand, geëindigd in echtscheidingen. In de nabijheid van de stralende Hippocratine verbleekten en verschrompelden de mannen. De huwelijken van de drie dochters waren gedoemd te mislukken.'
De Cock keek Nanette Korreman secondenlang aan. Er was iets in die vrouw wat hij haatte en bewonderde.
'Beatrijs vertelde mij vanmorgen dat haar ex-man opnieuw met haar in het huwelijk had willen treden. Alida van Boskoop was daar fel op tegen. Haar ex-man zou Alida daarna een paar maal met de dood hebben bedreigd. Letterlijk zou hij hebben gezegd: *Als jij Beatrijs niet loslaat, draai ik op een goede dag je nek om.*'
Nanette Korreman knikte gelaten.
'Dat klopt.'
De Cock trok diepe rimpels in zijn voorhoofd.
'Dat weet u?'
Nanette Korreman knikte opnieuw.
'Patrick is een krachtige en opvliegende man. Het type Mozes.'
'U kent hem?'
Nanette Korreman liet haar hoofd iets zakken.
'Mijn eigen naam,' sprak ze zacht, 'is Nederveldt. Patrick is mijn broer.'

7

'Gaan we hem arresteren?'
'Wie?'
Vledder keek De Cock verwonderd aan.
'Die Patrick Nederveldt.'
De oude rechercheur trok een bedenkelijk gezicht.
'Zie jij voldoende gronden?'
Vledder knikte nadrukkelijk.
'Patrick Nederveldt heeft een motief. Alida heeft door kwaadsprekerij zijn huwelijk vernield en als hij de breuk wil herstellen door opnieuw een huwelijk met zijn ex-vrouw Beatrijs aan te gaan, houdt moeder Van Boskoop dat tegen.'
'Een redelijk motief?'
Vledder tuitte zijn lippen.
'Ik vind van wel. Het is om hels te worden. Projecteer zo'n situatie eens op jezelf?'
De Cock gniffelde.
'Ik heb een lieve schoonmoeder.'
Vledder wuifde de opmerking weg.
'Volgens zijn zuster Nanette is Patrick Nederveldt een krachtige en opvliegende man.'
De jonge rechercheur keek naar De Cock op.
'Wat bedoelt ze feitelijk met een type Mozes?'
De Cock glimlachte.
'De gelovige Nanette Nederveldt bedoelt vrijwel zeker de bijbelse Mozes, de energieke leider die de Israëlieten uit Egypte voerde, de man van de wet, van de tien geboden, maar ook de man die in zijn jonge jaren een Egyptische opzichter doodde en zijn lijk in het zand begroef.'
Vledder knikte begrijpend.
'Nanette Nederveldt acht haar broer Patrick dus wel degelijk tot een moord in staat.'
'Ik vermoed,' reageerde De Cock voorzichtig, 'dat ze ons dat duidelijk heeft willen maken... een vergelijking met de bijbelse Mozes.'
'Waar wachten we dan op?' vroeg Vledder opstandig. 'Nog meer aanwijzingen? Bedenk, dat hij ook bedreigingen heeft

geuit. Meermalen. Daarvan zijn getuigen, mensen die in de wachtkamer van de chiromantiste zaten. Het moet voor ons toch mogelijk zijn om een paar van die getuigen te achterhalen.'
De jonge rechercheur zwaaide met zijn armen.
'En dan nog iets,' riep hij betogend. 'Volgens Angela van Boskoop waren er aan het huis op de Brouwersgracht geen sporen van braak die morgen, toen zij haar moeder aan de deur van de behandelkamer zag hangen. Patrick van Nederveldt hoefde niet in te breken. Hij had een sleutel.'
De Cock keek zijn jonge collega bewonderend aan.
'Je bent een bekwame aanklager. Toch ben ik niet helemaal overtuigd.'
'Waarom niet?'
'Gevoelsmatig.'
'Gevoelsmatig,' herhaalde Vledder smalend. 'Dat is toch geen argument. Wil je daar op je stoel blijven zitten tot die Patrick Nederveldt een tweede moord pleegt, bijvoorbeeld op zuster Angela, van wie hij weet dat ze medeverantwoordelijk was voor het mislukken van zijn huwelijk met Beatrijs?'
De Cock negeerde de smalende ondertoon.
'Ik zet niet graag iemand in de cel wanneer ik niet de overtuiging heb dat ik de juiste man of vrouw te pakken heb,' antwoordde hij gelaten. 'Dat is een gewetenszaak.'
'Patrick Nederveldt is de juiste man.'
'Ik ben niet overtuigd,' sprak De Cock kalm en beslist.
De oude rechercheur kwam uit zijn stoel overeind en slenterde naar de kapstok.
Vledder kwam hem na.
'Waar ga je heen?'
De Cock glimlachte.
'Smalle Lowietje.'
Vledder knikte begrijpend.
'Jouw dorstige keel snakt naar een cognackie.'

Lowietje, ter aanduiding van zijn geringe borstomvang meestal Smalle Lowietje genoemd, trok zijn levendig muizensmoeltje in een vriendelijke plooi, staakte het glazen spoelen, veegde zijn vingers langs zijn morsig vest en stak de oude rechercheur spontaan een hand toe.

’Welkom in mijn etablissement.’
De Cock drukte de klamme hand en hees zijn zware bovenlijf op een barkruk naast Vledder.
’Ook goedenavond,’ reageerde hij laconiek.
’Hetzelfde recept?’
Zonder op antwoord te wachten dook de tengere caféhouder onder de tapkast en kwam weer boven met een fles pure Franse cognac Napoleon, die hij met een haast devoot gebaar voor de grijze speurder neerzette.
’Nog van mijn oude voorraad,’ lispelde hij vergenoegd. Hij pakte drie bolle glazen en schonk in, plechtig, als gold het een ceremonieel gebeuren.
Rechercheur De Cock keek vrolijk glunderend toe. Hij hield van die momenten. En hoewel hij wist dat de smalle caféhouder een dief was, een heler, een man die in zijn leven vrijwel alles had gedaan wat God in zijn wijsheid had verboden... hield hij van Lowietje.
’Proost.’
Hij nam het glas op, schommelde het in zijn hand en snoof de prikkelende geur van de cognac op. Voorzichtig nam hij een slokje. Zacht gleed het fluwelen vocht langs zijn dorstige keel. Met een peinzende blik keek hij naar het glas en zette het met een teder gebaar op de tapkast terug.
’Als ik gepensioneerd ben, zal ik dit missen.’
Smalle Lowietje keek hem verwonderd aan.
’U kunt toch blijven komen? Daar hebt u de Kit toch niet voor nodig? Mijn etablissement zal voor u altijd toegankelijk zijn.’
’Bedankt, Lowie,’ antwoordde De Cock vertederd.
Hij draaide zich op zijn kruk om naar Vledder.
’Nu wij beiden verschillen over de juiste voortzetting van ons onderzoek,’ sprak hij gedragen, ’wordt het tijd voor een buitenlandse kreet: *chi va piano, chi va sano, chi va sano, va lontano*.’
De jonge rechercheur keek hem wantrouwend aan.
’En dat betekent?’
’Die langzaam gaat, gaat zeker, die zeker gaat, gaat ver... ergo: langzaam maar zeker, dan breekt het lijntje niet.’
’Je kunt ook te laat komen,’ reageerde Vledder koppig. ’Ik blijf van mening dat wij die Patrick vanavond nog moeten arresteren.’
Smalle Lowietje kwam tussenbeide.

'Hebben de heren ruzie?' vroeg hij grappend.
De Cock schudde zijn hoofd.
'Geen ruzie, maar een ernstig verschil van mening. Mijn collega Vledder is jeugd. En de jeugd van nu is onstuimig.'
Smalle Lowietje lachte.
'En de oudjes terughoudend en traag.'
De Cock schudde zijn hoofd.
'Niet terughoudend, niet traag, maar bedachtzaam. Je mag niet lichtvaardig iemand van zijn vrijheid beroven. Een arrestatie is voor de betrokkene een ingrijpende gebeurtenis. Daar moet je goed over nadenken. Ik ben altijd heel behoedzaam.'
Lowietje gebaarde naar Vledder.
'Hij niet?'
'Nog niet.'
'Zitten jullie weer in de prijzen?' vroeg Lowietje.
'Dat mag je wel zeggen,' beaamde De Cock.
'Moord?'
'We hebben vanmiddag,' verzuchtte De Cock, 'begraven in een bos op de Veluwe, een dode vrouw gevonden, een bekende chiromantiste. We hebben goede gronden om aan te nemen dat ze is vermoord.'
'Kon ze zeker haar eigen handschrift niet lezen,' sprak Lowietje spottend.
'Hoe bedoel je dat?'
'Een chiromantiste is toch een handlijnkundige?'
'Inderdaad.'
'Die moet, zo dacht ik, uit haar eigen hand haar eigen lot kunnen lezen?'
De Cock kneep zijn ogen halfdicht.
'Hand-schrift.'
Hij proefde het woord op zijn tong.
De tengere caféhouder keek hem beteuterd aan.
'Niet goed?'
Het gezicht van De Cock klaarde op.
'Uitstekend, Lowie,' sprak hij lovend. 'Uitstekend. Een handlijnkundige leest het lijnenschrift van je hand... handschrift.'
Hij keek de tengere caféhouder vragend aan.
'Je bedoelt, dat ze in dat handschrift haar eigen dood had kunnen lezen?'

Smalle Lowietje knikte.
'Dan laat je je toch niet vermoorden? Je stapt toch ook niet in een vliegtuig als je weet dat het na een uurtje reddeloos zal neerstorten?'
De Cock lachte.
'Jij gelooft niet in voorspellingen uit je hand?'
'Flauwekul.'
'De vrouw werd druk geconsulteerd.'
De caféhouder boog zich iets naar voren.
'Het is toch niet die van de Brouwersgracht?'
De Cock keek hem schattend aan.
'Hoezo?'
'Die is onsterfelijk.'
De Cock nam nog een slok van zijn cognac.
'Die is het wel,' sprak hij mat. 'De onsterfelijke is dood.'
Smalle Lowietje keek hem verwonderd aan.
'Zonder gein?'
'Zonder gein,' herhaalde De Cock ernstig.
'Ik heb er nog niets over gehoord en je weet... onze eigen penoze-tamtam werkt heel snel.'
De Cock schudde zijn hoofd.
'Ik heb ook liever dat er nog geen ruchtbaarheid aan wordt gegeven. Haar dochters willen de mythe van de onsterfelijkheid van hun moeder zo lang mogelijk in stand houden.'
'De onsterfelijke dood,' sprak Lowietje hoofdschuddend. 'Niet te geloven. Als Rooie Bertus het hoort, geeft hij elke avond een rondje.'
'Rooie Bertus, de kleine kluisjesman?'
'Hij is met een van haar dochters getrouwd geweest.'
'Met welke?'
'Dat weet ik niet. Ik heb nooit een voornaam horen noemen. Volgens Rooie Bertus zijn haar dochters alledrie beeldschoon. Om rauw in te bijten.'
De Cock schoof zijn lege glas naar Lowietje toe.
'Waarom zou Rooie Bertus bij het horen van haar dood gulle rondjes geven?"
De caféhouder schonk in.
'Omdat hij blij zal zijn als ze in haar kist ligt. Hij heeft haar alle ziektes van de wereld gewenst. Van de tyfus naar cholera tot

kanker. Mensen, mensen, wat had hij een hekel aan dat waarzeggende wijf. Hij kon haar bloed wel drinken.'
De Cock pakte zijn glas.
'Waarom?'
Smalle Lowietje grijnsde breed.
'Ze heeft hem verlinkt. Door haar toedoen verdween hij voor jaren achter de tralies.'
'En toen hij uit de bajes kwam, bleek dat hij geen vrouw meer had.'
'Ze zijn inderdaad gescheiden.'
'Omdat moeder dat zo wilde.'
De tengere caféhouder knikte.
'Weet je, dat zat Rooie Bertus nog het meest dwars. Ze had hem niet alleen verlinkt, maar ook zijn vrouw afgenomen.'

De rechercheurs verlieten het schemerig intieme lokaaltje van Smalle Lowietje. Met de milde gloed van de cognac in hun aderen liepen ze via de Achterburgwal, de Oude Kennissteeg en het Oudekerksplein terug naar de Kit.
Het regende nog zonder pauzes. Traag en loom daalde het hemelwater op hen neer. De nattigheid deed geen afbreuk aan de business. Het droeve leger van behoeftigen trok in dichte drommen langs de rose etalages met schaarsgeklede vrouwen in velerlei fatsoen.
De Cock keek spottend opzij naar Vledder.
'Gaan we nu Rooie Bertus arresteren?'
De jonge rechercheur ging niet op de provocatie in.
'Waarom noemen ze hem de kleine kluisjesman?'
De Cock glimlachte.
'Omdat hij een meester is in het kraken van kleine bankkluisjes. In zijn goede jaren heeft hij daar schatten mee verdiend.'
'Ken jij hem?'
De Cock knikte.
'Ik heb Rooie Bertus wel eens gepakt voor een mishandeling. Hij had omgang met een vrouw die hem bedroog.'
'Dat pikte Rooie Bertus niet?'
'Hij sloeg haar een blauw oog en schopte haar de deur uit.'
'Is hij gewelddadig?'
'Je bedoelt of hij mogelijk verantwoordelijk is voor de dood

van Alida van Boskoop?'
'Dat bedoel ik.'
De Cock trok zijn schouders op.
'Hij is wel geen type Mozes, zoals Nanette het uitdrukte, maar handelend uit wraak, acht ik Rooie Bertus tot alles in staat.'
'Ook tot moord?'
De Cock knikte traag.
'Ook tot moord. Hij is sterk, doet al jaren aan bodybuilding en is driftig van aard.'
Vledder wreef de regen van zijn gezicht.
'In een paar jaar bajes kunnen wraakgevoelens flink groeien.'
'Ben je weer met een requisitoir bezig?'
Vledder reageerde niet.
Toen ze de hal van het politiebureau binnenstapten, wenkte Jan Kusters vanachter de balie De Cock met een kromme vinger.
De oude rechercheur liep op hem toe.
'Je hebt toch geen nieuwe moord voor ons?' vroeg hij bezorgd.
De wachtcommandant keek hem verbaasd aan.
'Zijn jullie weer bezig met een moord? Ik heb er niets van gelezen.'
'Moord op een chiromantiste.'
'Wat is dat voor een beroep?'
'Dat is een vrouw die in je hand kijkt.'
'Een vreemde gewoonte,' antwoordde Jan Kusters en stak zijn arm omhoog.
'Boven zit een man op je te wachten.'
'Wat voor een man?'
De wachtcommandant raadpleegde een notitie.
'Ene Aard van de Koperberg. Ik dacht dat ik hem hier al eerder zag.'
De Cock knikte.
'Gisteravond. Met hem begon de ellende.'

De Cock keek de man die op de stoel naast zijn bureau was gaan zitten, onderzoekend aan. Opnieuw viel het hem op dat zijn grote donkerbruine ogen te dicht bij elkaar stonden. Zijn blik gleed van het gezicht naar de handen van Aard van de Koperberg. De vingers waren lang en gespierd. De oude rechercheur vroeg zich af...

De man boog zich naar hem toe en onderbrak zijn gedachten.
'Is mevrouw Korreman al bij u geweest?'
De Cock knikte.
'Vanmiddag.'
'Bent u door haar wat wijzer geworden?'
'Zeker. Nanette Korreman is heel goed geïnformeerd. Ze kent Alida van Boskoop en haar drie dochters al vele jaren. Haar broer Patrick is met een van die dochters getrouwd geweest.'
'Wie?'
'Beatrijs.'
Aard van de Koperberg keek hem verwonderd aan.
'Ik dacht dat ze alledrie ongehuwd waren?'
'Dat zijn ze ook... ongehuwd. Volgens mijn informatie zijn ze alledrie getrouwd geweest en na een kort huwelijk weer gescheiden.'
'Ik heb Alida nooit over mannen van haar dochters horen praten.'
'Misschien vond ze het onderwerp niet prettig.'
Aard van de Koperberg vouwde zijn sterke handen.
'Hebt u al enig idee,' vroeg hij gespannen, 'waar hun moeder verblijft?'
De Cock negeerde de vraag.
'U hebt gisteravond van uzelf het beeld geschetst van een verliefde man met huwelijksplannen, die zich zorgen maakt over de verdwijning van zijn geliefde.'
'Een juist beeld.'
'Hoelang heeft het geduurd voor u tot een huwelijksaanzoek kwam?'
'Ik schat zo'n maand of negen. Dat gerekend vanaf onze eerste kennismaking.'
'In die tijd zijn er nooit strubbelingen tussen u en Alida geweest?'
De blik van Aard van de Koperberg vernauwde zich.
'Wat hebben die meiden gezegd?' vroeg hij hard.
De Cock schudde zijn hoofd.
'U mag geen vraag met een wedervraag beantwoorden.'
'Wat hebben die meiden gezegd?' herhaalde de man. 'Ze zijn tot alles in staat.'
De Cock keek hem onbewogen aan.

'Waren er strubbelingen?'
Aard van de Koperberg zuchtte.
'Er waren strubbelingen.'
'Waarover?'
'Ik wilde dat Alida ermee stopte. Voorgoed. Ik wilde geen handlijnkundige als vrouw. Ik wilde niet dat ze zich nog langer met allerlei kwaaltjes van andere mensen bezighield. Dat had ze niet nodig. Mijn vermogen is ruim genoeg om haar te kunnen onderhouden.'
'Hoe hoog liepen de strubbelingen op?'
'Ik ben wel eens verdomd kwaad op haar geweest.'
De Cock zweeg even voor het effect.
'Uw vermoeden van gisteravond was juist. Alida van Boskoop werd vermoord.'

8

Aard van de Koperberg keek hem verbijsterd aan.
'Vermoord... werd Alida van Boskoop vermoord?' In zijn stem trilde ongeloof. 'Allemachtig... het is toch niet waar?'
'Het is waar,' antwoordde De Cock kalm. 'We hebben haar ontzielde lichaam vanmiddag opgegraven.'
'Verschrikkelijk.'
'Dat verwachtte u toch?'
'Wat?'
'Dat ze was vermoord?"
'Niet echt.'
De Cock keek hem niet-begrijpend aan.
'U zei letterlijk: Alida is vermoord... door haar eigen dochters.'
Aard van de Koperberg liet zijn hoofd iets zakken.
'Ik moet u een bekentenis doen.' sprak hij timide. 'Ik heb niet aan moord gedacht. In het geheel niet. Ik heb het vermoeden dat Alida door haar eigen dochters was vermoord alleen maar uitgesproken om u te bewegen om een onderzoek naar haar verdwijning in te stellen.'
De Cock trok een vies gezicht.
'U hebt mij wat voorgelogen?'
'Ik was bang dat u geen aandacht aan de verdwijning van Alida zou schenken wanneer ik alleen maar haar vermissing meldde. Dat is voor u niet interessant genoeg, meende ik.'
'Toen dacht u: kom, ik smijt er ook maar een moord tegenaan?'
Aard van de Koperberg keek naar hem op.
'Dat klinkt cynisch.'
'Zo is het ook bedoeld. Cynisch. Ik verwacht van een man van on-be-spro-ken gedrag, die zijn job in de makelaardij ge-voeglijk uitoefent, niet dat hij zonder enige grond valse beschuldigingen uit.'
'Noemt u dat zo... valse beschuldigingen?'
'Men zou het ook een lasterlijke aanklacht kunnen noemen,' antwoordde De Cock fel. 'Dat is een ernstig misdrijf. U annonceerde niet alleen een moord, u betichtte ook de dochters ervan dat zij voor die moord verantwoordelijk waren.'
'Ik bied u mijn verontschuldiging aan.'

De Cock wierp hem een snelle blik toe.
'Geaccepteerd,' reageerde hij koel.
Aard van de Koperberg zuchtte.
'Het was een opwelling. Ik heb er niet zo diep over nagedacht.'
De accolades rond de mond van De Cock plooiden zich tot een grijns.
'Is dat zo?'
'Ja.'
De Cock boog zich iets naar hem toe.
'Ik ben het niet met u eens. Absoluut niet. U hebt wel degelijk goed nagedacht, heer Van de Koperberg,' sprak hij zalvend. 'U wist gisteravond heel goed wat u zei. Het was geen fopspeen om mij aan het werk te krijgen. U hebt beslist wel aan de mogelijkheid van moord gedacht en uw botte beschulding aan het adres van de dochters was weloverwogen.'
Aard van de Koperberg keek hem strijdlustig aan.
'Dat kunt u niet waarmaken.'
'Ik vraag mij alleen af,' ging De Cock onverstoord verder, 'wat de reden is van uw plotselinge ommezwaai. Is dat het gevolg van het feit dat Alida van Boskoop werkelijk vermoord blijkt te zijn?'
Aard van de Koperberg kneep zijn ogen even dicht.
'Ik heb u gisteravond iets voorgelogen en daar heb ik nu spijt van.'
'Door wie bent u inmiddels benaderd?'
'Ik ben door niemand benaderd.'
'Heer Van de Koperberg,' sprak De Cock dwingend, 'dit is mijn vak. Ik doe dit werk al jaren. En u bent een slechte leugenaar. Uw betoog mist de noodzakelijke overtuiging. U bent niet geloofwaardig genoeg.'
De grijze speurder pauzeerde even.
'Daarom,' ging hij verder, 'herhaal ik nog eens: u hebt gisteravond wel degelijk aan moord gedacht. Het was geen loze kreet. U meende werkelijk dat Alida van Boskoop door moord om het leven was gekomen en u hebt daarbij wel degelijk de mogelijkheid overwogen dat die moord door haar dochters was gepleegd.'
De oude rechercheur boog zich nog verder naar de man toe. Zijn dicht bijeenstaande donkere ogen waren pal bij.

'Waar of niet?' vroeg hij dwingend.
Aard van de Koperberg draaide zijn gezicht weg en knikte instemmend.
'Waar.'
Het klonk als een zucht.
De Cock leunde achterover.
'Nu concreet: waarom dacht u aan moord en beschuldigde u de dochters?'
'Alida was bang voor haar dochters, haar moordzuchtige dochters.'
'Moordzuchtig?'
'Ik was niet de eerste man die Alida een huwelijksaanzoek deed. Ze was een bijzonder aantrekkelijke vrouw, een rijpere schoonheid. Er waren voor mij andere mannen die haar ten huwelijk hebben gevraagd.'
'En?'
'Ze is op al die huwelijkaanzoeken nooit ingegaan. Ze durfde niet.'
'Waarom niet?'
'Haar dochters dreigden haar te vermoorden wanneer ze dat wel deed.'
De Cock strekte zijn wijsvinger naar hem uit.
'En uw huwelijksaanzoek?'
Aard van de Koperberg knikte traag.
'Alida heeft een huwelijk met mij ernstig in overweging genomen. Het werd haar dood.'

Toen De Cock de volgende morgen na een verkwikkende nachtrust de grote recherchekamer van het bureau Warmoesstraat binnenstapte, trof hij Vledder achter zijn elektronische schrijfmachine.
De grijze speurder wierp missend zijn oude hoedje naar de kapstok, hing zijn natte regenjas op en raapte zijn hoedje van de vloer. Met een brede lach op zijn gezicht liep hij naar zijn jonge collega.
'IJverig?'
Vledder keek op.
'Je kunt mij niet van gebrek aan vlijt betichten.'
'Nee, Dick, zeker niet.'

Vledder wees naar zijn schrijfmachine.
'Ik ben bezig om het verhaal van Aard van de Koperberg op papier te zetten. Een hele klus. Er zijn bij mij toch een paar vragen overgebleven.'
'Zoals?'
'Aard van de Koperberg beweert dat hij aanvankelijk op zijn eerst beschuldiging is teruggekomen omdat hij, net als moeder Alida, bang was voor de dochters. Daarom zei hij dat zijn beschuldiging een leugen was om ons tot activiteiten te dwingen. Mijn vraag: waarom was hij niet bang op het moment dat hij de beschuldiging deed... en later wel?'
De Cock glimlachte.
'Ik geloof dat ik dat begrijp. Toen hij gisteravond bij ons kwam en ik hem vertelde dat Alida van Boskoop was vermoord, speelde hij theater. Ik voelde dat vrijwel onmiddellijk aan. Hij wist op dat moment al dat Alida om het leven was gekomen en hoe dat gebeurde. Angela had hem dat verteld en hem verder uitdrukkelijk te verstaan gegeven dat zij hem nooit meer op de Brouwersgracht wilde zien.'
'Maakte dat zoveel indruk?'
'Blijkbaar. Hij heeft dat als een vorm van bedreiging gevoeld.'
'Er klopt toch iets niet,' sprak Vledder opstandig. 'De dochters zouden moeder Alida met de dood hebben bedreigd wanneer ze, met wie dan ook, in het huwelijk zou treden. Ze zouden bang zijn geweest om hun moeder als grote bron van inkomsten kwijt te raken. Wel... moord heeft toch hetzelfde effect?'
De Cock knikte hem bemoedigend toe.
'Een knappe analyse. Heb je Aard van de Koperberg al eens nagetrokken?'
Vledder knikte.
'Hij heeft een blanco strafblad en de door hem beheerde makelaardij heeft een goede naam.'
'Ik hoop voor hem dat de pijnen in zijn benen niet terugkomen.'
Vledder keek hem verwijtend aan.
'De pijnen in zijn benen interesseren mij geen zier. Wat doen we met hem?'
De Cock keek hem verrast aan.
'Niets... voorlopig. Als we er binnen een week niet uitkomen, verhoren we hem opnieuw.'

'En wat doen we met de dochters? Als we Aard van de Koperberg mogen geloven, hebben ze wel degelijk een motief.'
'Wat ben je ongeduldig in deze zaak,' riep De Cock geprikkeld. 'Je kunt niet overal direct op af springen. Dat is paniekrecherche.'
De oude rechercheur stak zijn wijsvinger omhoog.
'Begrijp goed: van het mogelijke feit dat de dochters hun moeder hebben gedreigd haar te vermoorden als ze een huwelijk zou aangaan, is maar één getuige... de moeder zelf. En die is dood.'
'Ze vertelde het aan Van de Koperberg.'
'Sprak ze de waarheid? Spreekt Van de Koperberg de waarheid? Als de dochters werkelijk bij de dood van hun moeder zijn betrokken en ze vormen een gesloten front, dan krijgen wij het nog knap lastig. Ik vertrouw een beetje op Christina.'
'Hoezo?'
'Zij was bereid ons in het Speulder- en Sprielderbos het graf van haar moeder te wijzen. En geloof me, dat was tegen de wil van Angela en Beatrijs in.'
Vledder sloeg geschrokken zijn hand voor zijn mond.
'Ik was het vergeten.'
'Wat?'
'Je moet bij Buitendam komen.'

Commissaris Buitendam, de lange statige chef van het politiebureau aan de Amsterdamse Warmoesstraat, wenkte met een slanke hand naar de stoel voor zijn bureau.
'Ga zitten, De Cock,' sprak hij geaffecteerd. 'Er bereiken mij verwarrende berichten. Mensen bellen mij, zoeken mij thuis op. Vertel mij eens, waar zijn jij en Vledder mee bezig?'
'Moord.'
Buitendam glimlachte.
'Uiteraard... moord.' Hij wees opnieuw naar de stoel. 'Maar ga toch zitten.'
Rechercheur De Cock nam wat onwillig plaats. Het liefst bleef hij tijdens een onderhoud met Buitendam staan. Dan voelde hij zich sterker. Hij had geen hekel aan zijn commissaris. Dat niet. Maar hij bezag hem toch altijd met enige argwaan.
Zolang de politiechef de zaken ongemoeid liet, waren er geen

spanningen. De botsingen ontstonden wanneer de commissaris meende dat het gedrag van De Cock enige correctie behoefde. Eerst dan werd de oude rechercheur opstandig en onhandelbaar en soms zelfs onredelijk. De volle vrijheid om bij het rechercheren naar eigen inzicht te handelen, was hem dierbaar. Elke betutteling, elke beknotting van zijn vrijheid beschouwde hij als een aantasting van zijn persoon, een smet op zijn kundigheid als speurder.
Buitendam glimlachte opnieuw. Beminnelijk.
'Heeft de moord die jullie nu behandelen iets van doen met de verdwijning van een vrouw, waarover een man mij eergisteravond laat nog belde?'
'Aard van de Koperberg.'
Buitendam knikte.
'Inderdaad ene Aard van de Koperberg. Hij meende enige desinteresse bij jullie te bespeuren en was bang dat jij niet voldoende aandacht aan de verdwijning van de vrouw zou besteden.'
'Ik toon nooit desinteresse.'
'En die verdwenen vrouw blijkt vermoord?' vroeg Buitendam verder, de opmerking negerend.
'Precies.'
'Zij was een chiromantiste?'
De Cock voelde een lichte tinteling van woede in de toppen van zijn vingers. De opening van de commissaris beviel hem niet.
'Hoewel wij nog niets hebben verbaliseerd,' sprak hij met een ondertoon van argwaan, 'bent u goed geïnformeerd. Inderdaad zij was een chiromantiste, een vreemd woord voor een handlijnkundige. Ze hield consult in haar huis aan de Brouwersgracht.'
Commissaris Buitendam strekte zijn rug.
'Haar oudste dochter, Angela, heeft mij gisteravond op mijn privé-adres bezocht. Ik vond dat hoogst onaangenaam.'
'Hebt u haar ontvangen?'
'Ja.'
'Dat had u niet moeten doen.'
Buitendam negeerde ook deze opmerking.
'Ze heeft zich over jou beklaagd. Je bent volgens haar, en dat is ook mijn mening, je bevoegdheden ver te buiten gegaan.'
De Cock veinsde onbegrip.

'In welk opzicht?'
'Je bent aan de Brouwersgracht in de wachtkamer van de chiromantiste gaan zitten en hebt met consultanten gesproken zonder dat jij je als politieambtenaar bekend hebt gemaakt.'
'Ik heb alleen met een oude man over zijn flatulentie, zijn winderigheid gesproken.'
Buitendam boog zich over een notitie op zijn bureau.
'Jij hebt je aan de deur als consultant gepresenteerd en je hebt Vledder voorgesteld als jouw zoon.'
De oude rechercheur glimlachte.
'Er zijn momenten dat ik hem als ware hij mijn eigen zoon bevoogd.'
Buitendam schudde zijn hoofd.
'Dat kan niet. Op die manier mag je je niet presenteren. Je hebt geen bevoegdheid als undercoveragent. De mensen met wie wij te maken krijgen, hebben het recht om te weten wie ze voor zich hebben.'
'Op het moment dat Angela van Boskoop mijn hand vroeg om haar consult te beginnen, heb ik mij als rechercheur kenbaar gemaakt. Er is geen sprake van een overschrijding van mijn bevoegdheden.'
Commissaris Buitendam kneep zijn lippen opeen.
'Je hebt niet met open vizier gestreden.'
Het bloed in de aderen van De Cock kwam in een stroomversnelling.
'Wat is dat voor een flauwe opmerking... open vizier. We leven niet meer in een romantische riddertijd. Als ik bij elke actie als rechercheur volgens de enge bepalingen van het Wetboek van Strafvordering te werk ging, loste ik geen enkele zaak op.'
'Ik vind jouw gedrag laakbaar.'
'Ik volg de weg van mijn geweten.'
'Een ruim geweten.'
De Cock stond op. Zijn bloed naderde het kookpunt.
'U profiteert toch mede van mijn... eh, mijn zogeheten laakbaar gedrag, van de rek van mijn geweten. U wordt toch mede beoordeeld op basis van de vele moorden die ik, zogenaamd, onder uw leiding heb opgelost? Wanneer ik als rechercheur tot nu toe niet zo succesvol was geweest, dan had men u als een incompetent politiechef allang de laan uitgestuurd.'

Het bleke gezicht van Buitendam kleurde dieprood. Een zenuwtrek zwiepte langs zijn kaken. Zijn lippen trilden. Met gestrekte arm wees hij naar de deur.
'Eruit.'
De Cock ging.

Vledder las de woede op het gezicht van De Cock.
'Was het weer zover?'
De Cock knikte.
'Angela van Boskoop heeft Buitendam thuis opgezocht en zich over mij beklaagd. Ik had mij niet netjes als politieambtenaar gepresenteerd. Ik had in de hoedanigheid van consultant in de wachtkamer plaatsgenomen en met andere consultanten gesproken. Dat was volgens Angela laakbaar en Buitendam deelde dat inzicht.'
Vledder grinnikte
'Dat inzicht deel ik ook. Ik heb jou in de loop der jaren de gekste dingen zien uitspoken: deuren openen, inbreken, uitlokken. Ik ben echt wel wat gewend, maar dit was echt een zotte vertoning.'
De Cock keek hem verrast aan.
'Begin jij ook al?'
Vledder lachte.
'Ik zal mij niet over jou beklagen. Integendeel, ik ga nog steeds graag met je op pad. Maar wat kun je anders van Buitendam verwachten dan dat hij jou berispt? Dat is zijn taak.'
De Cock knikte. De woede zakte uit hem weg.
'Ik kan er niets aan doen. Soms werkt die man op mij als een rode lap op een stier. Ik probeer alleen mijn werk zo goed mogelijk te doen.'
'En dan duld je geen kritiek.'
'Precies.'
Vledder schoof een notitie naar zich toe.
'Ik heb moeder Van Boskoop en haar drie dochters eens opgevraagd bij de burgerlijke stand en bij het bevolkingsregister.'
'En?'
'Van Alida van Boskoop is geen huwelijk bekend. Ze is achtenveertig jaar geleden in Putten geboren. Beatrijs was inderdaad gehuwd met Patrick Nederveldt. Angela was gehuwd met ene

Albertus de Graaf.'
De Cock knikte.
'Rooie Bertus, de kleine kluisjesman.'
Vledder las verder.
'En Christina was gehuwd met Alexander Minnedorper.'
De Cock fronste zijn wenkbrauwen.
'Alexander Minnedorper?'
Vledder tikte op zijn notitie.
'Zo heet hij.'
De Cock kauwde nadenkend op zijn onderlip.
'Alexander Minnedorper is een advocaat, een bekend strafpleiter met... eh, met een niet zo'n beste reputatie.'
Vledder trok zijn schouders op.
'De huwelijken hebben alledrie maar kort geduurd. Niet langer dan hooguit twee jaar.'
De telefoon op het bureau van De Cock rinkelde. Vledder boog zich voorover en greep de hoorn.
De Cock keek naar hem op en zag hoe het gezicht van de jonge rechercheur verbleekte.
Na luttele seconden legde hij de hoorn op het toestel terug.
'Het... eh, het was Beatrijs.'
De Cock spreidde zijn handen.
'Wat had ze?'
Vledder slikte.
'Ze heeft Angela gevonden... hangend aan de deur naar de behandelkamer.'

9

De Cock en Vledder reden met hun trouwe Golf vanaf de houten steiger achter het politiebureau via de Oudebrugsteeg naar het Damrak. Het regende niet meer. Een waterig zonnetje schoof schuchter van achter donkere wolken en liet zich even zien. Het was voor het eerst sinds dagen.
Vledder aan het stuur van de Golf, duwde rap de mouw van zijn colbert iets terug en keek op zijn polshorloge.
'Ik heb de meute voor je gewaarschuwd,' sprak hij gehaast. 'Ik kan niet met je mee.'
De Cock reageerde met verwondering.
'Waarom niet?'
Vledder zwaaide naar de voorruit.
'Ik heb om elf uur een afspraak met dokter Rusteloos voor de sectie op het lijk van Alida van Boskoop. Ik kan die oude lijkensnijder niet laten wachten.'
De Cock schudde zijn hoofd.
'Je hebt gelijk,' sprak hij kort. 'Dat kan niet. Die sectie vanmorgen was mij even ontschoten. Breng mij maar eerst naar de Brouwersgracht, dan ga jij door naar Westgaarde. En als de sectie voorbij is, kom je naar de Brouwersgracht om te zien of ik inmiddels de zaak op de peedee* heb afgehandeld.'
Vledder knikte instemmend. Na een poosje blikte hij opzij.
'Ik krijg gelijk,' sprak hij trots.
'Waarin?'
Vledder ademde diep.
'Patrick Nederveldt. Als Angela op dezelfde wijze is omgebracht als haar moeder, dan bestaan er voor mij geen twijfels meer.'
De jonge rechercheur zweeg even omdat het verkeer op de Prins Hendrikkade al zijn aandacht opeiste.
'En wat ik het ergste van alles vind,' ging hij zuchtend verder, 'is dat wij de dood van Angela hadden kunnen voorkomen als wij Patrick Nederveldt gisteren hadden gearresteerd.'
De Cock, niet in het minst geschokt, zweeg. Hij voelde weinig

* peedee = plaats delict

voor een hernieuwde discussie over dat onderwerp. Zeker, Patrick Nederveldt was een mogelijke dader, maar in deze zaak zeker niet de enige. Ook Rooie Bertus, de kleine kluisjesman, was een redelijke kandidaat.
Hij was groot, sterk, gewelddadig en genoot de reputatie nergens voor terug te deinzen.
Het feit dat Christina van Boskoop enige tijd met de jurist Alexander Minnedorper gehuwd was geweest, had de oude rechercheur nog het meest verrast. Minnedorper was sluw, had goede relaties in de onderwereld en beschikte over voldoende financiële middelen om tegen een redelijke beloning iemand te huren die vervelende klusjes voor hem opknapte. Daarbij was hij handig genoeg om zelf buiten schot te blijven.
De Cock vroeg zich af waarom de huwelijken van de drie dochters van zo korte duur waren geweest. Wat had de snelle echtscheidingen beïnvloed? De uitleg van Nanette Korreman, dat de mannen in de nabijheid van een stralende Hippocratine verbleekten en verschrompelden, vond in zijn gedachtewereld geen ingang.

Vledder reed vanaf de Singel de Brouwersgracht op. Voor nummer 1180 stopte hij. Voordat De Cock uitstapte, legde de jonge rechercheur vertrouwelijk een hand op zijn schouder.
'Denk nog eens aan die Patrick Nederveldt,' vermaande hij ernstig. 'Voor iemand die op zijn vijftiende jaar een kat aan een deurknop kan ophangen, vormen mensen op latere leeftijd geen beletsel.'
De Cock stapte uit. Hij hield de deur van de Golf nog even vast.
'Er zijn lieden,' sprak hij somber, 'voor wie dergelijke theorieën een gruwel zijn.'
De oude rechercheur smeet het portier dicht.
Vledder reed weg.

De Cock bezag de ramen en de buitendeur van het pand. Hij zocht naar sporen van braak of verbreking. Die waren er niet. Naast het fraaie naambord met *Alida van Boskoop – Hippocratine – chiromantiste* – drukte hij op de koperen bouton. Het duurde luttele seconden, toen deed Beatrijs met een betraand gezicht open.

Ze liepen zwijgend door de gang naar de behandelkamer. Daar bleven beiden staan en De Cock nam voor de dood devoot zijn hoedje af.
In haar lang bloedrood gewaad met de twaalf tekens van de dierenriem hing Angela aan de deur van de behandelkamer. Haar gezicht was gezwollen en haar tong stak gedeeltelijk uit haar mond.
De Cock bekeek het koord van witgevlochten katoen en de glijknoop van de strop. Die zat half tussen haar kin en rechteroor. De ingewikkelde knoop, zo constateerde hij, was met vaardige hand gelegd.
Onder haar blote voeten, omver gestoten, lag het roodlederen bankje waarop De Cock tijdens zijn eerste bezoek aan het huis had gezeten. Hij pakte een schone zakdoek uit zijn zak, wikkelde die om zijn hand en zette het bankje overeind. Voorzichtig schoof hij het onder de blote voeten. Tussen het bankje en de voeten was een ruimte van zeker tien centimeter. Het lichaam van Angela hing te hoog. Ze kon vanaf de plek waar ze hing, het bankje nooit zelf hebben omgetrapt.
De Cock bracht het bankje terug naar de plek waar hij het had gevonden en stootte het weer omver.
Beatrijs kwam naast hem staan. Ze wees omhoog.
'Ik kan haar niet alleen tillen.'
De Cock fronste zijn wenkbrauwen.
'Hebt u het geprobeerd?'
Beatrijs schudde haar hoofd.
'Ik heb haar niet aangeraakt.'
'Iets anders beroerd?'
'Hier in de kamer?'
'Ja?'
Beatrijs schudde opnieuw haar hoofd
'Ik ben nergens aan geweest. Ik heb direct de Warmoesstraat gebeld.'
'Niemand anders?'
'Nee.'
'Christina?'
Beatrijs schudde opnieuw haar hoofd.
'Ik wilde haar niet schokken.'
'Ze moet het toch weten? Iemand moet haar dat toch vertellen?'

Beatrijs kneep even haar ogen dicht.
'Dat moet een ander maar doen. Ik kan dat niet.'
De Cock knikte begrijpend.
'Ik zal het voor je doen.'
'Bedankt.'
'We wachten tot de fotograaf is geweest. Ik wil de situatie dit keer goed vastleggen. Bij de dood van uw moeder is alles verkeerd gegaan.'
Beatrijs wees naar haar dode zuster.
'Werd Angela ook vermoord?'
De Cock staarde peinzend omhoog.
'Ik heb boven op de deur de houtvezels nog niet bekeken, maar gezien het bankje en de hoogte waarop ze hangt, ben ik er vrijwel van overtuigd dat ook uw zuster door misdrijf om het leven kwam.'
'Moord?'
'Ja.'
'Dezelfde dader?
De Cock antwoordde niet. Hij keek om zich heen.
'Is er in huis nog een ander vertrek waar wij samen even kunnen praten. Ik vind de aanblik van de dode Angela niet prettig.'
Beatrijs ging hem voor naar een gezellig ingerichte woonkeuken met uitzicht op een tuin. Ze namen aan tafel plaats.
'Was Angela alleen thuis?'
Beatrijs knikte.
'We hadden besloten dat Angela de plaats van moeder als chiromantiste zou innemen. Zij is de oudste en kent alle trucs die moeder gebruikte. Ze heeft ook ongeveer dezelfde aanpak als moeder. Christina en ik zouden haar om beurten tijdens de consultaties bijstaan.'
'Het was vandaag uw bcurt om bij te staan?'
'Inderdaad.'
'Toen u vanmorgen hier aan de deur kwam, hebt u toen aangebeld?'
Beatrijs schudde haar hoofd.
'Ik heb een sleutel. Toen ik de hal binnenkwam, viel het mij op dat het zo stil was in huis. Angela heeft altijd lawaai om haar heen. Of ze zingt, of ze heeft de radio of de televisie aan. Er is altijd geluid. Die stilte maakte mij bang... gaf mij direct al het

gevoel dat er iets was gebeurd. Ik ben toen sluipend op mijn tenen verder het huis ingelopen.'
'Op uw tenen?'
'Alsof ik bang was om iemand wakker te maken.'
'En toen vond u haar.'
Er gleed een traan uit haar ogen.
'Eerst moeder en nu zij. Wie heeft het toch op ons voorzien?'
'Hebt u zelf geen idee?'
Beatrijs spreidde in wanhoop haar handen.
'Ik heb aan Patrick gedacht.'
'Uw ex-man?'
Beatrijs knikte
'Patrick heeft een paar maal heel nadrukkelijk gedreigd om moeder en Angela iets aan te doen. Ik heb u gisteren al verteld, dat zij beiden door leugens ons huwelijk hebben doen mislukken.'
'Waarom waren ze zo op dat huwelijk tegen?'
'Oud zeer. We komen oorspronkelijk uit Putten op de Veluwe. Omdat moeder drie dochters had en geen man, werd ze met de vinger nagewezen. Vader en moeder Nederveldt hebben destijds in de Puttense gemeenschap nogal heftig tegen moeder geageerd.'
De Cock knikte begrijpend.
'En Patrick was hun zoon.'
Beatrijs zuchtte.
'Al is hij wat driftig, in mijn hart houd ik nog steeds van Patrick, maar als hij dit op zijn geweten heeft, dan moet hij worden gestraft.'
De Cock knikte instemmend.
'Uw zusters Angela en Christina zijn ook getrouwd geweest?'
'We zijn alledrie,' antwoordde Beatrijs hoofdschuddend, 'niet erg gelukkig in de liefde geweest.'
'Hoe kwam dat?'
'Misschien zijn steeds de verkeerde mannen op ons af gekomen. Misschien ook waren wij te gretig, wilden wij zo graag, waren we niet kritisch genoeg. Ik trouwde Patrick en Christina koos voor een advocaat.'
'Alexander Minnedorper.'
'Dat is hem. Alexander Minnedorper. Kent u hem?'

'Ik heb wel eens van hem gehoord. Hij heeft niet zo'n beste reputatie.'
'Niet ten onrechte. Toen Christina van nabij zag op welke wijze die man met zijn cliëntèle omging, welke wegen hij bewandelde, welke relaties hij had, waren haar aanvankelijke gevoelens van genegenheid en liefde snel verdwenen. Ze vluchtte naar huis en weigerde terug te keren.'
'Het huwelijk werd ontbonden?'
'Gelukkig. Na ruim een jaar. Die Alexander Minnedorper heeft het ons knap lastig gemaakt. Hij startte procedures op om Christina te bewegen, te dwingen om bij hem terug te komen.'
'En Angela?'
Het gezicht van Beatrijs betrok. Ze kwam nerveus uit haar stoel overeind.
De Cock keek naar haar op.
'Wat is er?'
'Die brief.'
De Cock keek haar niet-begrijpend aan.
'Welke brief?'
Beatrijs duimde over haar schouder.
'Die zit in mijn tasje en dat ligt in de behandelkamer. Een ogenblikje. Ik ben zo terug.'
Beatrijs verliet de woonkeuken. De Cock overwoog om haar na te gaan, maar bleef zitten. Na enkele seconden was ze in de woonkeuken terug. Ze nam weer plaats en schoof De Cock een opengescheurde envelop toe.
'Die vond ik vanmorgen hier in de brievenbus.'
De Cock bekeek de envelop. Er was geen postzegel en geen stempel. Daarna nam hij de brief uit de envelop en las hardop:
'*Hoera, hoera, wat een heerlijke dag. Dat oude wijf is dood. Nu jullie nog.*
Bertus.'
De grijze speurder schoof de brief weer in de envelop. Hij keek op.
'Rooie Bertus.'
Beatrijs knikte.
'Albertus de Graaf, de ex van Angela.'

Bram van Wielingen zette zijn aluminium koffertje naast zich op de vloer.
'Je begint je leven te beteren, De Cock,' sprak hij vriendelijk. 'Dit is een redelijk christelijk uur. In de regel laat je mij midden in de nacht opdraven.'
De fotograaf blikte om zich heen.
'Ik was hier van de week toch ook?'
De Cock wees naar de dode Angela.
'Toen hing aan die deur niemand.'
Bram van Wielingen grijnsde.
'En daar had volgens jou wel iemand gehangen.'
'De moeder van deze vrouw.'
De fotograaf keek hem nadenkend aan.
'Die moeder was toch verdwenen? Heb jullie haar al gevonden?'
'Diezelfde dag nog. De dochters hadden haar op de Veluwe in het Speulder- en Sprielderbos begraven.'
Bram van Wielingen wees omhoog.
'Was zij een van die dochters?'
'Een van de drie.'
Bram van Wielingen bukte zich en plukte zijn Hasselblad uit zijn koffertje.
'Ben je weer alleen?'
'Je bedoelt: waar is Vledder?'
'Precies. Het is vreemd jou zonder hem te zien.'
'Vledder was bij de exhumatie en is nu op Westgaarde bij de sectie van de moeder.'
'Zijn ze de hele familie aan het uitmoorden?'
De Cock negeerde de vraag.
'Schiet gauw een paar plaatjes. Ook van dat omgevallen bankje. Heb je kleur?'
'Ja.'
'Ik wil een paar close-ups van haar voeten.'
'Waarom?'
'Daar zijn geen lijkvlekken. Bij een dood door ophanging hadden die er moeten zijn. Het betekent dat ze in een andere houding is gestorven.'
'Niet hangend aan een strop.'
'Exact.

Bram van Wielingen monteerde een flitslicht.
'Nog andere wensen?'
De Cock wees omhoog.
'Als we haar hebben losgemaakt, wil ik, net als een paar dagen geleden, van de bovenkant van die deur foto's van de beschadigde houtvezels.'
Bram van Wielingen knikte begrijpend. Hij pakte zijn Hasselblad op en flitste in het dode gelaat.
De oude rechercheur draaide zich om. Bij de toegangsdeur tot de wachtkamer van de vermoorde chiromantiste stond dokter Den Koninghe met in zijn kielzog twee geüniformeerde broeders van de geneeskundige dienst met hun onafscheidelijke brancard. De grijze speurder liep op de oude lijkschouwer toe en begroette hem hartelijk. De Cock had een zwak voor de excentrieke dokter met zijn ouderwetse grijze slobkousen onder een deftige streepjesbroek, zijn stemmig zwart jacquet en zijn verfomfaaide groen uitgeslagen garibaldihoed.
'Hoe maakt u het?' vroeg hij vriendelijk.
'Best.'
De oude rechercheur leidde dokter Den Koninghe naar de dode vrouw aan de deur.
'Het is moord.'
De lijkschouwer keek omhoog.
'Ik kan haar zo niet bekijken.'
De Cock keek naar Bram van Wielingen.
'Ben je klaar?'
De fotograaf knikte.
'Je kunt haar dumpen.'
De Cock schudde zijn hoofd.
'Wat een taalgebruik,' sprak hij verwijtend. 'Een dode dump je niet.'
De oude rechercheur wenkte de broeders naderbij.
'Til haar even iets op, zodat haar gewicht niet aan het koord hangt.'
Hij wendde zich opnieuw tot Bram van Wielingen.
'Maak aan de andere kant van de deur het koord van de kruk los en gooi dat over de deur heen. Ik wil de houtvezelsporen niet bederven door haar gewoon te laten zakken.'
Bram van Wielingen gehoorzaamde als een schooljongen.

Toen hij het koord had losgemaakt, lieten de broeders het lichaam van Angela zachtjes op de vloer glijden.
Dokter Den Koninghe nam zijn garibaldihoed af, trok de pijpen van zijn streepjesbroek iets omhoog en knielde bij de dode neer. Hij bekeek de diepe insnoeringen aan de hals. Daarna schoof hij het imposante gewaad met de tekens van de dierenriem zo ver mogelijk terug.
Na enige seconden kwam hij overeind. Zijn oude knieën kraakten. Met precieze bewegingen nam hij zijn bril af, pakte zijn witzijden pochet uit zijn jacquet en poetste de glazen. De Cock kende de bewegingen. Het was een reeks gebaren om tijdwinst te boeken.
'Ze is dood,' sprak hij laconiek.
'Dat begreep ik,' reageerde De Cock simpel.
Dokter Den Koningh wees naar de dode.
'Langer dan acht uur. Haar lichaam is sterk afgekoeld en de lijkstijfheid algemeen.' Hij zette zijn bril weer op en plooide zijn pochet terug in het borstzakje van zijn jacquet. 'Verwurging. Vrijwel zeker met hetzelfde koord waarmee ze is opgehangen.' Hij zweeg even en keek naar De Cock op. 'Lijkvlekken op haar billen en op haar rug.'
De grijze speurder ademde diep.
'Ik vermoedde al dat ze daar te vinden waren.'
De kleine lijkschouwer wuifde ten afscheid en liep de behandelkamer uit.
De Cock keek hem na. Daarna wendde hij zich weer tot Bram van Wielingen, die zijn fraaie Hasselblad behoedzaam in zijn koffertje teruglegde.
'Heb je alles?'
'Ja.'
'Ook de houtvezels?'
De fotograaf wees.
'Ik heb de deur waaraan ze hing van beide kanten gefotografeerd, dan kan ik later met pijltjes aangeven in welke richting de beschadigde vezels liepen.'
'Heel goed. Komt Ben Kreuger nog?'
Bram van Wielingen knikte.
'Die had nog een klusje. Een inbraak op de Nassaukade. Het zal niet lang duren.'

De fotograaf gebaarde om zich heen.
'Volgens Ben Kreuger is het de vorige keer hier niets geworden. Het stikte van de dactyloscopische sporen, door en over elkaar heen. En daardoor onbruikbaar. Het is hier ook veel te vies en vettig. De dames zijn niet erg proper. Er is vermoedelijk in geen jaren met een sopdoek gewerkt.'
De opmerking deed De Cock glimlachen.
'Sopdoek,' herhaalde hij spottend.
Bram van Wielingen nam zijn koffertje op en knikte.
'Mijn vrouw is er bezeten van.'
Hij wuifde met zijn vrije hand en verdween.
De Cock draaide zich om en keek nog even in het dode gezicht. Hoewel Angela van Boskoop hem bij leven niet zo prettig had bejegend, voelde hij toch iets van smart, van verdriet. Met een vreemde brok in zijn keel wenkte hij de broeders van de geneeskundige dienst naderbij. Zij tilden de dode op de brancard en drapeerden een laken over haar heen. Daarna sloegen zij de canvasflappen dicht en sjorden de riemen aan. Voorzichtig tilden zij de brancard op. Zacht wiegend droegen ze de dode Angela vanuit de behandelkamer naar de wachtkamer.
De Cock liep hen na tot aan de buitendeur.
Plotseling stormde een jongeman, komend vanaf de waterkant, langs de brancard heen het huis binnen.
De Cock hield hem tegen.
De jongeman sloeg wild om zich heen en probeerde De Cock opzij te duwen.
'Waar is Beatrijs?' Hij gilde. 'Waar is Beatrijs?'
De Cock hield hem gevangen in een houdgreep.
'Wie bent u?' vroeg hij hijgend van inspanning.
De jongeman wurmde zich uit zijn omklemming los en keek naar hem op.
'Ik... eh, ik ben Patrick... Patrick Nederveldt.'

10

De Cock bracht na de worsteling zijn ademhaling op peil en produceerde zijn beminnelijkste glimlach.
'Patrick Nederveldt,' herhaalde hij hoofdknikkend. 'De onstuimige Patrick Nederveldt. Al een paar dagen bruist in mij een diep verlangen om met u te praten.'
De oude rechercheur liet de jongeman schijnbaar even uit het oog en keek hoe de broeders van de geneeskundige dienst de achterdeur van de ambulancewagen dichtklapten en wegreden. Patrick Nederveldt volgde zijn blik. Daarna keek hij De Cock achterdochtig aan.
'Wie bent u?'
'De Cock... eh, De Cock met ceeooceekaa. Ik ben als rechercheur verbonden aan het politiebureau in de Warmoesstraat.'
Patrick Nederveldt fronste zijn wenkbrauwen.
'Ik ken uw naam... De Cock met ceeooceekaa. Mijn zuster Nanette is bij u geweest om over de familie Van Boskoop te praten.'
De Cock knikte.
'Zij was bij mij.'
De oude rechercheur keek de jongeman voor zich secondenlang observerend aan. Patrick Nederveldt droeg, opengeknoopt, een blauwgrijze regenjas, waaronder een grijsflanellen kostuum. Zijn fleurige stropdas was onberispelijk geknoopt. De jongeman toonde het beeld van een vlotte, jeugdige zakenman. Zijn blond krullend haar en blauwe ogen in een lichtblozend gelaat maakten een prettige indruk.
'Heeft uw zuster Nanette verslag gedaan van onze ontmoeting?'
Patrick Nederveldt grinnikte vreugdeloos.
'Zeker. Uitgebreid. Over onze jeugd in Putten, onze relatie met de familie Van Boskoop, en over mij.'
De jongeman maakte een grimas.
'Nanette heeft mij verteld dat ze mij aan u heeft afgeschilderd als een Mozes-type.'
'De bijbelse Mozes, tot een moord in staat.'
'Een kwalificatie van mijn zuster.'

'Niet juist?'
Patrick Nederveldt glimlachte.
'Mijn zuster Nanette is trouw in haar geloof. Fanatiek. En in wezen niet dom.'
'Haar kwalificatie benadert de waarheid?'
'In zekere zin.'
De Cock spreidde zijn handen.
'Dan begrijpt u beslist waarom ik, als rechercheur belast met het onderzoek, brand van verlangen om met u over de dood van Alida van Boskoop te praten?'
'Dat begrijp ik,' antwoordde Patrick rustig. 'Ik had ook een dezer dagen een invitatie van u verwacht.'
'Ik nodig u uit om met mij mee te gaan naar het politiebureau aan de Warmoesstraat.'
Patrick keek hem strak aan.
'U arresteert mij?'
'Waarvoor?'
'Moord?'
De Cock schudde zijn hoofd.
'Heb ik over een arrestatie gesproken?'
'Nee.'
'Maar gezien een paar door u gedane uitspraken, zou ik u inzake de gewelddadige dood van Alida van Boskoop als een verdachte kunnen beschouwen.'
Patrick keek hem uitdagend aan.
'En dat doet u... mij beschouwen als verdachte?'
De Cock trok zijn schouders op.
'Misschien... na ons gesprek.'
De oude rechercheur liet zijn blik over de atletische gestalte van de jongeman dwalen.
'U bent ongetwijfeld sneller ter been dan ik,' sprak hij berustend. 'U zoudt vanaf nu bij mij vandaan kunnen lopen. Een poging van mij om u te achterhalen, is bij voorbaat vruchteloos.'
De Cock grinnikte.
'Aan zo'n poging zou ik mij ook niet wagen. U kunt ook weigeren om met mij mee te gaan naar de Warmoesstraat. Dat zijn twee opties.'
Patrick grinnikte.
'En als ik een van die opties kies?'

'Dan analyseer ik dat als een vorm van schuld en beschouw u vanaf dat moment als verdachte.'
Patrick aarzelde even. Hij wees voor zich uit de gang in.
'Mag ik afscheid nemen van Beatrijs?'
'Afscheid?'
Patrick knikte.
'Ik weet niet of u mij straks in de Warmoesstraat vasthoudt.'
'Verwacht u dat?'
Er krulde een glimlach om de lippen van Patrick Nederveldt.
'Het zou niet de eerste keer zijn dat de recherche inzake een moord de verkeerde man pakt.'
De Cock negeerde de opmerking. Hij keek de jongeman schattend aan.
'Beatrijs, hoe weet u dat zij hier is?'
Patrick zuchtte.
'Ik heb haar gisteravond in Putten gebeld. Ik kreeg haar direct aan de telefoon. Ze vertelde me dat ze vandaag aan de Brouwersgracht zou zijn.'
De Cock plukte aan het puntje van zijn neus.
'Beatrijs,' sprak hij nadenkend. 'Nu de beide belemmeringen uit de weg zijn geruimd, staat een tweede huwelijk niets meer in de weg.'
Het gezicht van Patrick verstarde. Hij keek met toegeknepen lippen naar de grijze speurder op.
'Ik begrijp uw toespeling.'

Vledder kwam de grote recherchekamer binnen en liet zich in zijn stoel achter zijn bureau zakken.
'Ik snap nu,' verzuchtte hij, 'waarom volgens de wet op de lijkbezorging iemand binnen vijf dagen begraven of gecremeerd moet zijn. Mensen, mensen, wat een lucht. Toen dokter Rusteloos de maag- en darminhoud inspecteerde, had ik moeite om een neiging tot vluchten te onderdrukken. Ik dacht dat ik onwel werd. Die oude Rusteloos ruikt dat blijkbaar niet meer.'
De Cock lachte.
'Hij is immuun geworden voor die lijkenluchtjes.'
'Dat geloof ik vast.'
'Wat was zijn mening?'
'Waarover?'

'De doodsoorzaak.'
'Verwurging.'
'Gebroken kraakbeenringetjes?'
'Volgens dokter Rusteloos moeten het krachtige handen zijn geweest. Sommige kraakbeenringetjes waren zelfs op meerdere plekken gebroken. En hoe ben jij gevaren aan de Brouwersgracht?'
De Cock zuchtte.
'Met blote voeten en gekleed in het fraaie bloedrode gewaad met de tekens van de dierenriem hing Angela van Boskoop aan een deskundig geknoopte strop.'
'Waar?'
'Aan de deur van de wachtkamer naar de behandelkamer.'
'Aan de kant van de behandelkamer?'
'Vrijwel op dezelfde plek waar haar moeder veertien dagen geleden hing.'
'Gewurgd en daarna opgehangen.'
'Precies. De modus operandi verschilt in geen enkel opzicht.'
'Patrick Nederveldt,' siste Vledder. 'Zijn tweede moord.'
'Die overtuiging heb je?'
'Absoluut.'
De Cock grijnsde breed.
'Ik heb een verrassing voor je... Patrick Nederveldt zit hier in het bureau.'
Vledder keek hem met grote ogen aan.
'Je hebt hem gearresteerd?' riep hij verrast. 'Waar? Wanneer?'
De Cock schudde zijn hoofd.
'Niet gearresteerd.'
'Hoe komt hij dan hier?'
'Vanaf de Brouwersgracht met mij meegelopen, op basis van vrijwilligheid.'
'Hij zit niet in de cel?'
'Hij zit in het verhoorkamertje te wachten tot jij hem gaat verhoren.'
'Ik?'
De Cock knikte.
'Jij bent toch overtuigd van zijn schuld.'
Vledder keek hem onderzoekend aan.
'Heb je hem niet verhoord?'

'Niet echt. Ik heb met hem gebabbeld. Die vrijwilligheid heb ik een beetje afgedwongen. Ik heb hem gezegd dat ik hem als verdachte zou beschouwen als hij van mij weg zou lopen of zou weigeren om met mij mee te gaan.'
'En daar ging hij op in?'
De Cock knikte.
'Anders was hij hier niet. Blijkbaar wil hij geen verdachte zijn.'
Vledder reageerde fel.
'Maar Patrick Nederveldt is wel degelijk verdachte. Zonneklaar. Alles wijst in zijn richting. Om de zaak rond te maken, hebben we alleen nog een bekentenis van hem nodig.'
De Cock kwam uit zijn stoel overeind. Hij wees naar de deur van het verhoorkamertje.
'Daar zit Patrick Nederveldt,' sprak hij gelaten. 'Ga je gang.'
Vledder keek hem geschrokken aan.
'Wat doe jij?'
De Cock keek op zijn horloge.
'Het is tijd voor de lunch. Ik pak een broodje gezond in de kantine.'
De jonge rechercheur weifelde.
'Wil jij... eh, wil jij er echt niet bij zijn?' vroeg hij aarzelend, bijna timide. 'Je kunt toch bijspringen als ik... eh, als ik vastloop?'
De Cock liet zich in zijn stoel terugzakken.
'Goed', sprak hij berustend. 'Ik blijf erbij. Haal hem maar.' Met een strak gezicht strekte hij zijn wijsvinger naar de jonge rechercheur uit. 'Maar de eerste schermutselingen zijn voor jou.'

Patrick Nederveldt keek van De Cock naar Vledder en weer terug.
'Kan ik naar huis?'
De Cock wees naar Vledder.
'Kan hij naar huis?'
De jonge rechercheur schudde zijn hoofd.
'Hij blijft.'
Pastrick keek hem niet-begrijpend aan.
'Waarom?'
Vledder boog zich iets naar hem toe.
'Omdat ik jou ervan verdenk veertien dagen geleden Alida van

Boskoop en gisteravond haar dochter Angela te hebben vermoord.'
Patrick grijnsde.
'Als jullie mij hier voor die twee moorden vasthouden, begaan jullie een grote fout... een fout die voor jullie beiden en voor de justitie wel eens nare gevolgen kan hebben.'
'Er zijn mensen die kunnen getuigen dat jij Alida van Boskoop een paar maal met de dood hebt bedreigd.'
'Dat ontken ik ook niet. Ik had een hekel aan die vrouw en ik had een hekel aan Angela. Die twee hebben mijn huwelijk met Beatrijs vernield.'
'Een duidelijk motief dus.'
Pastrick Nederveldt zuchtte.
'Ik beken u eerlijk dat ik wel met moordplannen in mijn hart heb rondgelopen, vooral toen die twee een nieuw huwelijk tussen mij en Beatrijs in de weg stonden. Ik heb wel eens op de Brouwersgracht gestaan met de sleutel in de hand.'
'Om Alida van Boskoop te vermoorden?'
Patrick krabde aan zijn voorhoofd.
'Een gesprek, om haar tot andere gedachten te brengen. Maar ik was mij er terdege van bewust dat ik mogelijk mijn zelfbeheersing kon verliezen.'
'Waar is die sleutel?'
'Die ben ik al maanden kwijt.'
'Hoe?'
Patrick trok zijn schouders op.
'Hij was plotseling uit de zak van mijn colbert verdwenen.'
Vledder schudde zijn hoofd.
'Ik geloof er niets van. U bent wel degelijk het huis aan de Brouwersgracht binnengedrongen en hebt Alida van Boskoop na een verhit gesprek vermoord.'
'Ik vertelde u toch,' sprak Patrick vermoeid, 'dat ik wel plannen had. Maar als verstandig mens bedenk je toch dat lange jaren gevangenisstraf geen oplossing bieden. Ik zou nog verder van Beatrijs wegdrijven.'
'Daarom bedacht u een mooi plan om die lange jaren gevangenisstraf te ontlopen. Twee brute moorden, die op een sluwe wijze tot het aanzien van zelfmoorden werden getransformeerd.'
Patrick keek naar hem op.

'Dat moet u mij eens uitleggen.'
De Cock kwam haastig tussenbeide. Hij wilde niet dat Vledder tot het geven van een uitleg zou komen. Het moment vond hij niet geschikt.
'Hoe wist u,' vroeg hij scherp, 'dat ook Angela was vermoord? Toen mijn collega Vledder u van twee moorden beschuldigde, toonde u geen enkele verbazing. Het feit verraste u bepaald niet.'
Patrick reageerde niet direct. Hij blikte wat schichtig om zich heen.
'Ik... eh, ik heb op de Brouwersgracht toch de broeders van de geneeskundige dienst met de brancard naar buiten zien komen.'
De Cock glimlachte.
'Merkwaardig. U hebt vanmorgen in uw ijver om het huis aan de Brouwersgracht te bestormen, in het geheel niet naar die brancard gekeken. Hoe kon u dan weten dat op die brancard Angela van Boskoop lag en niet Beatrijs of Christina?'
De oude rechercheur boog zich dicht naar hem toe.
'Het antwoord op die vraag is vrij eenvoudig. U wist uit eigen ervaring dat Angela dood was, u had haar zelf vermoord.'
Patrick Nederveldt zwaaide met zijn armen.
'Onzin, pure onzin. Ik heb noch Alida noch Angela vermoord. Ik heb niemand vermoord. Ik dacht dat ik daarin duidelijk genoeg was geweest.'
De Cock keek hem onverstoord aan.
'Als mijn conclusie niet juist is, wat is dan uw antwoord? Hoe wist u dat Angela was vermoord. Al had u gekeken, op de brancard kon u niet zien welke vrouw werd weggedragen. Haar gelaat was met een laken bedekt en de canvasflappen waren dichtgeslagen.'
Patrick kauwde nerveus op zijn onderlip.
'Beatrijs heeft vanmorgen tegen u gelogen. Ze heeft niet onmiddellijk de politie gewaarschuwd. Ze heeft eerst mij gebeld.'
'Waarom?'
'Ik was de eerste aan wie zij in haar paniek dacht. Toen ik naar haar mening te lang wegbleef, heeft ze de politie gebeld.'
'Wat deed u na dat telefoontje?'
'Ik ben onmiddellijk met mijn auto naar de Brouwersgracht gereden. Ik raakte vast in het verkeer. Toen ik eindelijk op de Brou-

wersgracht kwam, stond de ambulancewagen al voor de deur.'

Vledder keek De Cock verbijsterd aan.
'Je hebt hem laten gaan, gewoon vrijgelaten, alsof er niets aan de hand is.'
De oude rechercheur knikte gelaten.
'Ik ben niet overtuigd van zijn schuld,' reageerde hij kalm. 'Ik vond zijn verklaring zelfs heel aannemelijk. Hij was heel open. Patrick Nederveldt gaf toe dat hij ten aanzien van Alida van Boskoop met moordplannen had gespeeld en dat zijn verstand hem tot andere gedachten had gebracht.'
'Dat is zijn tactiek,' riep Vledder emotioneel. 'Heel handig. Patrick Nederveldt is een sluwe intelligente man. Het bewijs daarvan is de wijze waarop hij zijn gepleegde moorden met zelfmoorden trachtte te camoufleren. Als jij niet zo alert was geweest, dan waren zijn daden onopgemerkt gebleven.'
De Cock zuchtte.
'Hij had geen sleutel meer van dat huis. Die was hij al maanden kwijt.'
Vledder grinnikte vreugdeloos.
'Dat zegt hij. Daarvoor is geen enkel bewijs. Na de moord op Angela heeft hij ook geen sleutel meer nodig. Zijn wraakactie is voltooid. De beide vrouwen die hem het leven zuur hebben gemaakt, zijn naar een andere wereld geholpen. Hij zal de sleutel wel in een gracht hebben gedumpt.'
De Cock stak bezwerend zijn handen omhoog.
'Met de feiten en aanwijzingen die wij tot nu tegen Patrick Nederveldt hebben,' zo betoogde hij, 'maken we bij de rechtbank geen enkele kans. Een handige advocaat veegt de vloer met ons aan. En het is nog maar de vraag of de officier van justitie met het materiaal dat wij kunnen aandragen, tot vervolging zal overgaan.'
Het gezicht van Vledder verstarde.
'We hadden hem moeten vasthouden. Na een paar dagen cel was zijn bekentenis wel gekomen.'
De Cock schudde zijn hoofd.
'Je mag je nooit laten leiden door vooroordelen. Vanaf het moment dat jij de naam Patrick Nederveldt hoorde, ben je hem al als dader gaan beschouwen.'

Vledder bromde.
'Dat is hij ook... dader.'
De Cock glimlachte vertederd. De hardnekkigheid waarmee zijn jonge collega zijn eenmaal ingenomen standpunt verdedigde, beviel hem wel. In zijn jonge jaren als rechercheur had hij met dezelfde problemen geworsteld. De jaren hadden hem milder gemaakt en... wijzer. Ook de ruimte van zijn geduld was met de jaren aanmerkelijk gegroeid.
'We snuffelen samen verder,' sprak hij vriendelijk. 'Misschien ontdekken we nog iets wat ons meer houvast biedt.'
Het gezicht van Vledder klaarde op.
'We krijgen hem wel. Misschien laat hij ergens nog een steek vallen en dan...'
De jonge rechercheur stokte. Op het bureau van De Cock rinkelde de telefoon. Vledder reikte naar voren, nam de hoorn op en luisterde. Hij maakte snel een notitie. Al na luttele seconden legde hij de hoorn op het toestel terug.
'Het was de wachtcommandant. Beneden aan de balie is een man die jou wil spreken.'
'Wat voor een man?'
Vledder raadpleegde zijn notitie.
'Ene Alexander Minnedorper. Kennen wij die?'
De Cock trok rimpels in zijn voorhoofd.
'Ik ken hem, een advocaat van kwade zaken met duistere relaties in de onderwereld. Bovendien... de ex-man van Christina van Boskoop.'

11

Alexander Minnedorper was uitbundig gekleed als een flamboyante acteur. Hij droeg met veel zwier een groene wijde wollen cape, waarop een lange witzijden sjaal, en op zijn donkerblond krullend haar een zwarte hoed met een brede rand. Zijn loop en gebaren herinnerden aan een pleidooi in toga.
De Cock bezag zijn gedrag kritisch. De oude rechercheur was niet erg op advocaten gesteld. De keren dat hij in het verleden als getuige voor de rechtbank had moeten verschijnen, was hij door diverse strafpleiters bepaald onheus bejegend. In de regel totaal ongemotiveerd. Het ergste vond hij, dat er presidenten van rechtbanken waren die dat onbeperkt toelieten en het gedrag van juristen niet corrigeerden, maar, integendeel, vaak blijk gaven die onaangename bejegeningen van een politieman amusant te vinden.
Alexander Minnedorper liet zich breed op de stoel naast zijn bureau zakken.
De Cock keek hem vijandig aan.
'Heb ik u toegestaan om daar te gaan zitten?' vroeg hij met gespeelde verbolgenheid.
Alexander Minnedorper sprong geschrokken overeind.
'Ik... eh, ik dacht dat het gebruikelijk was dat uw bezoekers daar op die stoel naast uw bureau plaatsnamen?'
De Cock stak zijn wijsvinger omhoog.
'Als ik dat toesta.'
De oude rechercheur toonde een brede grijns.
'Neemt u plaats,' sprak hij, begeleid door een hoffelijk gebaar. 'Waarmee kan ik u van dienst zijn?'
Alexander Minnedorper liet zich voor de tweede maal op de stoel zakken. De aanpak van De Cock had hem zichtbaar verrast.
'Ik... eh, ik ben lid geweest van de familie Van Boskoop,' opende hij voorzichtig.
De Cock knikte.
'U was gehuwd met Christina van Boskoop.'
'Dat weet u?'
'Ik ken de echtverbintenissen van de drie dochters van Alida

van Boskoop... en de trieste afloop van die huwelijken.'
Alexander Minnedorper knikte traag.
'Christina en ik zijn gescheiden. Ik heb mij ertegen verzet met alle middelen waarover ik als jurist beschik, maar ik heb de ontbinding niet kunnen verhinderen. Mijn interesse in haar is echter niet verdwenen.'
'U valt haar lastig.'
Alexander Minnedorper maakte een afwerend gebaar.
'Ik ben geen stalker, beslist niet. Dat neemt niet weg dat ik nog steeds tot aan mijn nekharen verliefd ben op die vrouw. Toen ik haar vanmiddag belde, vertelde ze mij het treurige nieuws dat haar moeder en haar zuster Angela waren vermoord.'
De Cock keek hem schuins aan.
'En daarover wilt u met mij praten?'
Alexander Minnedorper maakte een weids gebaar.
'Ik ben echt geen vriend van de politie. Nooit geweest. In de praktijk ontmoet ik nog wel eens collega's van u die het met de bepalingen van de wet niet zo nauw nemen, dikwijls onrechtmatig en onzorgvuldig te werk gaan.'
De flamboyante advocaat boog zich iets naar De Cock toe.
'En wij beiden,' sprak hij zalvend, 'zijn er toch voor om de wetten in stand te houden, ervoor te zorgen dat onze rechtsstaat niet verbleekt?'
De Cock had een hatelijke opmerking op zijn tong maar bedwong zich.
'Ik ken nog steeds niet de reden van uw komst,' reageerde hij minzaam.
'Hebt u al enige vorderingen gemaakt,' vroeg de advocaat belangstellend, 'met uw onderzoek inzake de moord op mevrouw Van Boskoop en haar dochter Angela?'
De Cock glimlachte.
'Bent u geïnteresseerd?'
'Absoluut.'
'In welke hoedanigheid?'
'Niet als verdediger van hun moordenaar,' antwoordde de advocaat met stemverheffing.
'Als wat dan?'
'U mag het kwalificeren als de interesse van een ex-lid van de familie.'

De Cock tuitte zijn lippen.
'Dus gewone nieuwsgierigheid.'
'Iets meer. Hoe vreemd het u wellicht in de oren zal klinken... ik wil u behulpzaam zijn.'
De Cock keek hem achterdochtig aan.
'Waarmee?'
'Het ontmaskeren van de moordenaar.'
'U kent hem, of haar?'
Alexander Minnedorper vouwde zijn handen en bracht die voor zijn mond.
'Ik heb, in verband met enige door hem gepleegde delicten, een paar maal de verdediging van Albertus de Graaf op mij genomen.'
'Uw ex-zwager en de ex-echtgenoot van de vermoorde Angela van Boskoop.'
'Inderdaad.'
'Rooie Bertus, de kleine kluisjesman.'
Alexander Minnedorper glimlachte.
'In uw vocabulaire.'
'Wat is er met Rooie Bertus?'
Alexander Minnedorper antwoordde niet direct.
'Het is,' sprak hij na enige bedenking, 'niet gebruikelijk dat een raadsman de inhoud van vertrouwelijke gesprekken met zijn cliënten openbaar maakt. Noem het een beroepscode. Een code die ik tot nu nooit heb doorbroken.'
Hij nam opnieuw een kleine pauze.
'Ik heb deze stap terdege overwogen,' ging hij behoedzaam verder. 'Dat moet u van mij aannemen. Na rijp beraad ben ik tot de conclusie gekomen dat het niet alleen mijn plicht is om moordenaars te verdedigen wanneer mij dat wordt gevraagd, maar dat op mij ook de verplichting rust om moordenaars te ontmaskeren wanneer ik daartoe in de gelegenheid ben.'
De Cock keek hem strak aan.
'En dat bent u?'
Alexander Minnedorper knikte.
'In vertrouwelijke gesprekken heeft Albertus de Graaf mij bezworen dat hij zijn ex-echtgenote en haar moeder zou doden.'
'Met welk motief?'
'De schandalige wijze waarop die beide vrouwen hem hebben

behandeld. Toen De Graaf hen in een speelse bui had verteld op welke wijze hij een vermogend man was geworden, hebben ze hem eerst zijn geld afhandig gemaakt en hem daarna bij de politie aangegeven.'
'Een redelijk motief.'
'Dat dacht ik.'
De Cock kauwde even op zijn onderlip.
'Ik ben geen vriend van advocaten en ik ben zeker geen fan van de beruchte strafpleiter Alexander Minnedorper. Toch schat ik uw mensenkennis hoog in.'
De oude rechercheur plukte even aan zijn neus.
'Hoeveel waarde hecht u aan de bezweringen die Rooie Bertus deed?'
Alexander Minnedorper zuchtte diep.
'Vanaf het moment dat de heer De Graaf na het beëindigen van zijn straftijd uit de gevangenis was ontslagen, heb ik regelmatig contact met de familie Van Boskoop opgenomen – soms met de chiromantiste zelf, soms met een van haar dochters – en ik heb steeds met angstige belangstelling naar hun welzijn geïnformeerd, zo overtuigd was ik ervan dat de heer De Graaf zijn bezweringen eens in daden zou omzetten.'

Toen Alexander Minnedorper met zijn zwierige cape de grote recherchekamer had verlaten, keken de beide rechercheurs elkaar eens aan.
Vledder maakte een wanhopig gebaar.
'Na Smalle Lowietje is hij de tweede man die naar Rooie Bertus verwijst.'
'We zullen hem toch eens moeten benaderen,' sprak De Cock ernstig. 'Ik ben benieuwd hoe hij op onze beschuldigingen gaat reageren.'
'Wanneer wil je dat doen?'
'Op korte termijn. Smalle Lowietje zal zijn verblijfplaats wel kennen.'
'Heb jij Rooie Bertus wel eens tot een bekentenis gebracht?'
'Zeker.'
Vledder knikte voor zich uit.
'Ik moet je zeggen dat het verhaal van de advocaat mij heeft geïmponeerd. Ook het motief klinkt redelijk. Wanneer je door

toedoen van een paar vrouwen enige jaren gevangenisstraf oploopt, dan blijven wraakgevoelens sluimeren. Alexander Minnedorper nam de bezweringen van Rooie Bertus in ieder geval zo ernstig, dat hij de moeite nam om ons in te lichten.'
De Cock wreef over zijn kin.
'Alexander Minnedorper is een sluwe man. Je zou je kunnen afvragen of alleen gevoelens van rechtvaardigheid hem hebben doen besluiten om ons in te lichten.'
Vledder keek hem nadenkend aan.
'Je bedoelt dat zijn beweringen een afleidingsmanoeuvre kunnen zijn... dat hij ons in een verkeerde richting wil loodsen?'
'Die kans is er. Bedenk, dat Alexander Minnedorper mogelijk ook zelf een motief heeft. Hij was met Christina gehuwd en al zijn pogingen om dat huwelijk in stand te houden, zijn mislukt.'
Vledder gromde.
'Door toedoen van de dominante Alida van Boskoop en haar al even dominante dochter Angela. Die twee waren een eenheid. Ik heb het idee dat Beatrijs en Christina geen eigen inbreng hadden en volkomen door hun moeder en Angela werden geregeerd.'
De Cock knikte instemmend.
'Dat lijkt mij een goede analyse. Maar dat betekent wel, dat juist de ex-mannen van Beatrijs en Christina een motief voor de beide moorden hebben.'
'Jij bedoelt dat die twee beslist haatgevoelens jegens de vermoorde vrouwen hebben gekoesterd?'
'Precies.'
De ogen van Vledder lichtten op.
'Patrick Nederveldt,' riep hij opgetogen. 'Ik heb altijd al beweerd dat hij bij de moorden betrokken is.'
De Cock keek hem aan.
'Je vergeet Alexander Minnedorper.'
Vledder schudde zijn hoofd.
'Ik zie in die advocaat geen moordenaar.'
'Wees voorzichtig. Ik zou mij in die stelling maar niet vastbijten.'
'Ik houd het op Patrick Nederveldt,' riep hij koppig.
'Het opvallende is,' sprak De Cock mijmerend, 'dat zowel Patrick Nederveldt als Alexander Minnedorper beweren nog

steeds van hun ex-vrouwen te houden.'
'Wat denk je van het huwelijk tussen Angela en Rooie Bertus?'
De Cock maakte een hulpeloos gebaar.
'Daar weten we nog te weinig van. Ik ken Rooie Bertus als een sterke persoonlijkheid. Ik kan me niet voorstellen dat er tussen hem en Angela ooit een goede band heeft bestaan.'
'Conflictstof genoeg?'
'Ik vrees van wel. Het is wellicht aardig om te weten hoe die twee elkaar hebben leren kennen en op wiens gezag er aangifte bij de politie werd gedaan...'
'Dat kan Rooie Bertus ons toch vertellen?'
De Cock trok een bedenkelijk gezicht.
'Als hij dat wil. We kunnen hem niet dwingen. De tijd van de tortuur* is voorbij.'
'En dat vreemde briefje van hem?'
'Het maakt hem geen moordenaar. Integendeel. Als hij werkelijk bij de moorden is betrokken, zou hij vermoedelijk dergelijke briefjes niet schrijven. Hij vestigt daarmee de aandacht op zichzelf.'
De oude rechercheur verzonk enige tijd in diep gepeins. Ineens keek hij op.
'Heb jij een computer?'
Vledder reageerde verrast.
'Een computer?'
De Cock knikte.
'Ik heb in de behandelkamer van de chiromantiste aan de Brouwersgracht een computer zien staan. Kun jij met zo'n ding omgaan?'
Vledder glimlachte.
'Ik heb zelf een computer. Ik surf wel eens op internet.'
De jonge rechercheur glimlachte opnieuw. 'Wat wil je dan?'
'Vroeger had elke huisarts een kaartenbak met gegevens over zijn patiënten. Nu hebben de huisartsen geen ouderwetse kaartenbakken meer, maar zijn die gegevens opgeslagen in hun moderne computer.'

* folteringen op de pijnbank. In vroeger tijden een middel om iemand tot bekentenissen te brengen. De gefolterde slachtoffers werden biechtkinderen genoemd.

Vledder fronste zijn wenkbrauwen.
'Jij denkt dat de chiromantiste de gegevens van de mensen die haar consulteerden, in haar computer heeft staan?'
De Cock knikte.
'Ik vermoed dat Rooie Bertus zijn Angela middels een bezoek aan de chiromantiste heeft leren kennen. Op dezelfde manier zal vermoedelijk ook de relatie tussen Christina en Alexander Minnedorper tot stand zijn gekomen. Ik wil zonder dat iemand het weet over de gegevens van de computer beschikken.'
'Dan moet je ze kopiëren op een floppy.'
'Wat is dat?'
Vledder lachte.
'Een diskette. Het is mij te moeilijk om je uit te leggen hoe dat werkt.'
'Heb jij een diskette?'
'Ja, thuis.'
'Kan jij het?'
'Wat?'
'Kopiëren op een floppy?'
'Dat zal wel lukken.'
De Cock strekte zijn wijsvinger naar hem uit.
'Dan breken wij vanavond in.'

Het was stil op het Damrak. De beide rechercheurs slenterden op hun gemak over het brede trottoir in de richting van de Haringpakkersteeg. Het was koud, kil en het regende. De felkleurige lichtreclames weerspiegelden in het natte asfalt van de weg. Het onaangename weer hield de mensen in hun huizen.
Vledder blikte opzij.
'Wat dacht je in dat computerbestand te vinden?'
De Cock trok de kraag van zijn regenjas omhoog.
'Ik hoop dat de chiromantiste of een van haar dochters vertrouwelijke gegevens heeft ingebracht, gegevens omtrent de mannen met wie de dochters enige tijd gehuwd zijn geweest. Als Rooie Bertus en de advocaat Minnedorper aanvankelijk tot de cliëntèle van de chiromantiste hebben behoord, dan moeten er inlichtingen over hen in het bestand te vinden zijn.'
'Wat voor gegegevens?'
De Cock reageerde wat geprikkeld.

'Zaken die wij nog niet kennen... die men voor ons om welke reden dan ook verborgen houdt.'
De oude rechercheur krabde zich achter in de nek.
'De zaak begint mijn zenuwen te kietelen. Ik heb het idee dat de motieven die wij tot nu toe kennen, onvoldoende zijn.'
'Je bedoelt dat er meer zaken spelen dan drie mislukte huwelijken?'
De Cock maakte een onzeker gebaar.
'Misschien moeten we wel terug naar Putten, naar de oorsprong. Bedenk dat de chiromantiste in het verleden enige aanbidders heeft gehad die tot drie vrolijke zwangerschappen hebben geleid.'
'De natuurlijke vaders van het ABC-trio Angela Beatrijs en Christina.'
De Cock knikte.
'Ook toen had Alida van Boskoop cliëntèle.'

De Brouwersgracht lag geheel verlaten. In de verte, vanaf het Stationsplein, klonk het gieren van trams in de bochten. Aan de walkant tussen de bomen scharrelde een enkele rat.
Voor nummer elfhonderdtachtig bleven ze staan. De Cock veegde de regen uit zijn gezicht en bekeek de gevel aandachtig. Nergens hing een aankondiging dat de chiromantistenpraktijk was gestopt. Daarna richtte hij zijn aandacht op het slot van de toegangsdeur. Uit de zak van zijn regenjas nam hij het apparaatje dat hij eens, lang geleden, van zijn vriend en ex-inbreker Handige Henkie had gekregen. Met kennersblik nam hij uit het koperen houdertje de juiste sleutelbaard.
Vledder schudde afkeurend zijn hoofd.
'We krijgen hier nog eens de grootste ellende mee.'
De Cock keek naar hem op.
'We gebruiken het toch niet om ons te verrijken,' sprak hij geprikkeld. 'Ik wil alleen een zaak oplossen.'
Vledder grijnsde.
'Als Alexander Minnedorper hier lucht van krijgt, dan kun je wat beleven.'
'Alexander Minnedorper heeft zelf een lading boter op zijn hoofd.'
'Dat doet niet terzake. Hij kan zich meer permitteren dan wij.'

De Cock bromde:
'Zeur niet.'
De oude rechercheur liep op de deur toe en in luttele seconden had hij het slot geopend. Hij duwde met zijn elleboog de deur verder open. De scharnieren piepten. In de kleine hal bleef hij staan en luisterde. Zijn scherp gehoor nam geen geluiden waar. Nog even aarzelde hij. Toen, met een zaklantaarn in zijn hand, liep hij vanuit de hal de lange gang in.
Vledder deed de deur achter zich dicht en volgde hem op de voet.
De deur naar de wachtkamer stond half open. De Cock stapte naar binnen en liet het lichtovaal van zijn zaklantaarn door het vertrek dwalen... de houten banken, het bladderend plafond. Toen de lichtstraal de deur naar de behandelkamer had bereikt, stokte de oude rechercheur. De zaklantaarn viel bijna uit zijn hand. Aan de deurknop had hij een koord ontdekt. Het liep omhoog.
Met ingehouden adem liep hij op de deur toe. Hij trok een schone zakdoek uit zijn broekzak, wikkelde die om zijn rechterhand en trok de deur naar zich toe. Aan de andere kant hing een vrouw.
Vledder, achter hem, hijgde in zijn nek.
'Beatrijs.'

12

Vledder greep in verwarring De Cock bij zijn arm vast.
'Is... eh, is ze dood?' stamelde hij.
De Cock antwoordde niet direct. Hij voelde aan de hand van Beatrijs, die slap langs haar lichaam hing. Daarna knikte hij traag voor zich uit.
'Zonder enige twijfel. Maar nog niet zo lang. Haar lichaamstemperatuur is weinig gezakt.'
'Wat moeten we doen?'
'Hoe bedoel je?'
'We kunnen hier toch geen lijk vinden?'
De Cock wees omhoog.
'Ze hangt daar wel... compleet in het fraaie bloedrode gewaad met de twaalf tekens van de dierenriem.'
Het klonk cynisch.
Vledder schudde vertwijfeld zijn hoofd.
'Als wij officieel melding maken van het vinden van dit lijk,' sprak hij verdrietig, 'kunnen we meteen ons ontslag aanbieden.'
'Ik bied geen ontslag aan,' reageerde De Cock met een grijns op zijn gezicht. 'Als ze mij kwijt willen, zullen ze mij uit de dienst moeten schoppen.'
Vledder jammerde verder.
'Ik heb al zo vaak tegen je gezegd dat wij niet zomaar ergens kunnen binnendringen. Je kunt nooit inschatten voor welke verrassingen je komt te staan.'
De Cock lette niet op de jammerklachten van zijn jonge collega. Het raderwerk van zijn denken draaide op volle toeren. De dood van Beatrijs had hem verrast. Een aanslag op haar had hij niet verwacht. Het paste niet in de motieven die hij kende. Hij stootte Vledder in het donker aan.
'Heb je een floppy?' vroeg hij koel.
'Ik heb er vijf bij me gestoken.'
De oude rechercheur richtte het licht van zijn zaklantaarn op de computer.
'Kopieer het bestand.'
'En dan?'

De Cock sloot even zijn beide ogen.
'Dan verdwijnen we.'
'En dat lijk?'
'Dat laten we hangen. Of wil je het onder je arm meenemen?'
Vledder zuchtte.
'Doe niet zo vervelend. Natuurlijk wil ik dat lijk niet meenemen. Ik ben alleen bang voor de gevolgen. Als iemand dit te weten komt...'
Hij maakte zijn zin niet af.
De Cock legde vertrouwelijk een hand op de schouder van zijn jonge collega.
'Ik neem aan,' sprak hij geruststellend, 'dat morgenochtend zuster Christina uit het Speulder- en Sprielderbos komt. Die zal Beatrijs hier vinden. Na enige vertraging door paniek zal ze ons van haar ontdekking berichten. Dan komen wij geschrokken aangesneld en starten ons onderzoek.'
Vledder keek hem in het donker aan.
'Zo simpel?'
De Cock knikte instemmend.
'Zo simpel. Zorg er voor de zekerheid voor dat je geen vingerafdrukken achterlaat die onze dactyloscoop later terug kan vinden.'
'Jij verwacht verder geen problemen?'
'Wat voor problemen?'
'Weet ik niet.'
De Cock zuchtte.
'Begin nu maar,' riep hij geïrriteerd.
Vledder zette de computer aan. Het duurde enige tijd voor er tekst op het scherm verscheen.
'Heb je nog voorkeuren?'
De Cock schudde zijn hoofd.
'Ik wil alles.'
Met zijn zaklantaarn bescheen de grijze speurder het gezicht van de dode Beatrijs. Het beeld was vrijwel identiek. Zo had hij ook Angela zien hangen. Hij kneep zijn lippen op elkaar.
'Stomme meiden,' siste hij tussen zijn tanden. 'Onbegrijpelijk. Ze hadden na de dood van Angela de tent moeten sluiten.'
Vledder draaide zich half om.
'Wat zei je?'

De Cock bromde:
'Niets... niets bijzonders. Ik mompelde iets in mijzelf. Dat krijg je als je wat ouder wordt. Schiet op met die idiote floppy's van je. Ik bivakkeer niet graag in de nabijheid van lijken. En elke seconde die wij hier langer blijven, levert gevaar op.'
In het bleke schijnsel van het computerscherm knikte Vledder.
'Ik ben zo klaar.'
De Cock liep op hem toe.
'Ik wil nog even naar Smalle Lowietje.'
'Voor een cognackie?'
De Cock knikte.
'Ook,' antwoordde hij kort. 'Maar ik wil het adres van Rooie Bertus... kijken of hij nog meer van dat katoenen koord in voorraad heeft.'
De oude rechercheur legde opnieuw zijn hand op de schouder van Vledder.
'Ik ben bang dat je Patrick Nederveldt van het lijstje van je verdachten kunt schrappen.'
'Waarom?'
De Cock bracht zijn gezicht in een ernstige plooi.
'Hij hield van zijn Beatrijs.'

De Cock had moeie voeten.
Met zijn broekspijpen tot aan zijn knieën opgerold stak hij zijn behaarde, witbleke benen in een emmer dampend water. Parelend bruiszout uit een tabletje kriebelde tussen zijn tenen. Voorovergebogen en met een van pijn vertrokken gezicht streek hij met zijn handen langs zijn enkels. Het leek hem toe dat een legioen venijnige duiveltjes met lange scherpe naalden in de bollen van zijn kuiten prikte. De pijn gaf hem een onbehaaglijk gevoel van verslagenheid. Hij wist wat die pijn betekende. Wanneer een onderzoek slecht verliep, wanneer hij het idee had steeds verder van de oplossing weg te drijven, togen die venijnige duiveltjes ten aanval en voelde hij zijn voeten.
Hij blikte schuin omhoog naar zijn vrouw, die hem met een meelijwekkend lachje bekeek.
'Moet er nog wat warm water bij?' vroeg ze bezorgd.
De Cock schudde heftig zijn hoofd.
'Ik heb geen varkenspootjes,' riep hij knorrig. 'Ik heb nu al het

gevoel, dat je mijn voeten straks met mes en vork kunt opdienen.'
Mevrouw De Cock lachte. Ze kende de stemmingen van haar man en wist dat zijn slechte humeur meer met zijn werk dan met zijn voeten te maken had.
'Ben je er nog niet uit?' vroeg ze liefjes.
De grijze speurder zuchtte diep. Hij tilde zijn linkerbeen iets op en keek toe hoe van zijn hiel een straaltje water in de emmer terugliep.
'Ik heb de halve nacht achter Rooie Bertus aangehold. Telkens als ik ergens kwam, was hij net vertrokken.'
'Wie is Rooie Bertus?'
'Een gewiekste kraker van bankkluisjes. Hij was met Angela, een van de dochters van de vermoorde chiromantiste, getrouwd.'
'Jij verdenkt hem?'
'Hij is een mogelijke verdachte. Volgens Smalle Lowietje was hij op vakantie in Spanje, maar volgens andere inlichtingen verbleef hij nog steeds in de omgeving van de Wallen.'
'Denk je dat Smalle Lowietje jou iets heeft voorgelogen?'
De Cock schudde zijn hoofd.
'Ik heb Smalle Lowietje nog nooit op een leugen kunnen betrappen. Ik denk eerder dat het een spelletje is van Rooie Bertus. Hij weet dat ik wel eens via de caféhouder aan informatie kom.'
De oude rechercheur glimlachte.
'Het doet mij denken aan Handige Henkie. Die stuurde mij eens een ansichtkaart uit Spanje met de tekst: *ik lig hier lekker in de zon*. Intussen pleegde hij in Amsterdam en omgeving een paar fikse inbraken. De ansichtkaart had hij door een vriend in Spanje laten posten.'
'En jij dacht hij in Spanje zat?'
'Ik ben er pas later achtergekomen dat hij mij had belazerd.'
'Is die Rooie Bertus het type van een moordenaar?'
De Cock glimlachte beminnelijk.
'Niemand wordt als moordenaar geboren. Het leven bepaalt wie het later wordt. Dat is onvoorspelbaar.' Hij zweeg even. De vriendelijk accolades rond zijn mond dansten vrolijk.
'Ik heb buiten hun gruwelijk handwerk tegen moordenaars maar één bezwaar... ze hebben zulke alledaagse gezichten.'

Toen De Cock die morgen de grote recherchekamer aan de Warmoesstraat binnenstapte, keek de jonge rechercheur hem verwijtend aan.
'Wat ben je laat,' riep hij bestraffend. 'Ik dacht dat je vandaag niet meer zou komen.'
De Cock ging tegenover hem zitten.
'Ik kreeg weer eens last van moeie voeten. Ik stond net op het punt om naar de Kit te gaan. Ik heb ze nu thuis eerst even in warm water laten weken tot de pijn uit mijn kuiten trok.'
'Probeer eens een extract van kamille met een snuifje zeezout.'
'Het recept van Alida van Boskoop.'
'Aard van de Koperberg had er baat bij.'
'Ik zal het eens proberen. Maar dagelijks een bad zie ik niet zo zitten.'
Hij keek zijn jonge collega onderzoekend aan.
'Al bekomen van de schrik van gisteravond?'
'Ik had het wel even benauwd. Ik ben in die dingen niet zo koel als jij.'
'Maar het is over?'
Vledder zuchtte.
'Ik wacht gespannen op een telefoontje vanuit de Brouwersgracht.'
De Cock keek naar de grote klok boven de deur van de recherchekamer.
'Nog niets gehoord?'
'Niets. En het begint toch langzamerhand tijd te worden.'
De jonge rechercheur trok een lade van zijn bureau open en nam daaruit een pak papier. Met een grijns op zijn gezicht reikte hij het De Cock aan.
'Ik heb van het totale bestand van de computer aan de Brouwersgracht vanmorgen vroeg een uitdraai gemaakt.'
De Cock bekeek de stapel.
'Zoveel?'
'Ze had heel veel patiënten.'
'Heb jij het al doorgenomen?'
'Ik zie er niets in,' sprak Vledder ontmoedigd. 'Ik heb er even in gebladerd. Het zijn aantekeningen over patiënten, hun kwalen en de adviezen die de chiromantiste voor de genezing heeft gegeven.'

'Kamille en een snuifje zeezout.'
'Zoiets.'
De telefoon op het bureau van De Cock rinkelde. Vledder boog zich naar voren en nam de hoorn op. Hij luisterde enige seconden en legde toen de hoorn op het toestel terug.
'Het was Christina,' sprak Vledder hees. 'Ze heeft de dode Beatrijs gevonden.'
De Cock knikte begrijpend. Hij strekte zijn wijsvinger naar zijn jonge collega uit.
'Jij gaat naar de Brouwersgracht. Alleen. Ik ga niet met je mee. Je kent de procedure, weet waar je op letten moet. Pas op dat je je niet verspreekt. Je ziet de dode Beatrijs voor het eerst.'
Vledder slikte.
'En wat doe jij?'
De Cock wees naar de stapel papier voor zich op zijn bureau.
'Lezen.'

De Cock schoof de stapel papier naar zich toe. Hij wist niet precies waarnaar hij zocht. Uiteraard waren de gegevens omtrent Albertus de Graaf en Alexander Minnedorper voor hem belangrijk. Maar hij verwachtte meer: aanwijzingen die hem uiteindelijk naar de moordenaar of moordenares moesten leiden. Hij vertrouwde daarbij op zijn intuïtie, op zijn kennis, op zijn rijke ervaring in het wereldje van de misdaad. Zo gespannen volgde de grijze speurder de tekst, dat hij niet bemerkte dat iemand naast zijn bureau kwam staan. Hij keek gestoord op en herkende Rooie Bertus. Haastig schoof hij de stapel papier in een lade.
'Welkom.'
Rooie Bertus liet zich op de stoel naast zijn bureau zakken.
'U schijnt belangstelling voor mij te hebben? Ik hoor het van alle kanten.'
De Cock glimlachte.
'Ik dacht dat je in Spanje zat.'
Rooie Bertus grijnsde.
'Mijn vliegtuig gaat vanmiddag. Daarom heb ik er gisteren maar een jolige avond en nacht van gemaakt. Toen ik hoorde dat u naar mij had gevraagd, besloot ik mij maar even te melden, voordat een stel rechercheurs mij op Schiphol staat op te wachten en ik mijn boeking kan vergeten.'

'Hoe groot acht je die mogelijkheid?'
'Wat bedoelt u?'
'Dat een stel rechercheurs je op Schiphol staat op te wachten.'
Rooie Bertus spreidde zijn handen.
'De Cock, ik ben niet dom. Alida van Boskoop is vermoord, Angela, die ex van mij, is de pijp uit. Ik kan mij best voorstellen dat u op bepaalde gedachten komt.'
'Zoals?'
'Laten we geen verstoppertje spelen. Iedereen weet dat ik een bloedhekel aan die twee vrouwen had. Wat ze mij hebben geflikt is ongelooflijk. Het zit erin dat je door een of andere gabber wordt verlinkt, maar door je eigen vrouw...'
'Hoe heb je haar leren kennen?'
'Ik had een makke*. U weet hoe ik aan poen kom?'
'Het kraken van bankkluisjes.'
'Dat betekent uren en nog eens uren opgesloten zitten en niet weten of je er met de poen die je hebt vergaard op tijd weer uitkomt. Geloof me, dat vreet aan je. Ik had op het laatst een fobie.'
'Een wat?'
'Een fobie. Een claustrofobie. Engtevrees, bang om in kleine ruimten te vertoeven. Ik kon mijn werk als kluisjesman niet meer aan.'
De Cock knikte begrijpend.
'Toen ben je met je makke naar de chiromantiste aan de Brouwersgracht gegaan.'
'Dat wijf had mij direct door. Ze vroeg hoe ik aan mijn makke kwam.'
De Cock keek hem verwijtend aan.
'Toen heb je haar verteld dat jij de succesvolle kleine kluisjesman was.'
Rooie Bertus sloeg met de palm van zijn hand tegen zijn voorhoofd.
'Stom. Ik had een smoes moeten verzinnen, maar dat wijf had me onmiddellijk in haar macht. Het was net alsof ze dwars door me heen keek. Toen ik haar vertelde dat ik nog vrijgezel was, kwam ze met Angela op de proppen, een bloedmooie meid. Ik

* bargoens voor een gebrek of kwaal.

was verkocht... direct stapelverliefd.'
'Hoe hebben die twee wijven jou je geld afhandig gemaakt?'
Rooie Bertus schonk hem een matte glimlach.
'Een van de voorwaarden voor ons huwelijk was, dat ik de toekomst van Angela veilig moest stellen.'
De Cock fronste zijn wenkbrauwen.
'Jij moest haar toekomst veiligstellen?'
Rooie Bertus knikte.
'Ik stortte geld op de privé-rekening van Angela. Zoveel ik kon.'
'Tot je blut was?'
'Zo ongeveer.'
'Wie deed aangifte bij de politie?'
'Angela. Ik had haar, om stoer te doen, zoveel bijzonderheden verteld, zoveel details over hoe ik die kluisjeskraken deed, dat het voor de recherche niet moeilijk meer was om de bewijslast tegen mij rond te krijgen.'
De Cock schudde vertwijfeld zijn hoofd.
'Ik heb nooit gedacht dat je zo'n hannes was.'
'Het komt door die meid... en haar moeder. Ze stuurden mij de bajes in terwijl ze wisten dat ik aan claustrofobie leed. Ze hebben vast gehoopt dat ik er kapot aan zou gaan.'
'Je ging niet kapot.'
Rooie Bertus schudde zijn hoofd.
'Het gekke is, dat het in de bajes over ging. Het kon me op het laatst niet meer schelen of ze de celdeur achter mij sloten.'
'En toen je los kwam?'
'In de bajes heb ik mezelf bezworen dat ik die twee koud zou maken, maar toen ik weer vrij was en de vrijheid proefde, bekroop me de angst om opnieuw te worden opgesloten.'
'Je bent niet tot een wraakoefening gekomen?'
Rooie Bertus boog zich iets naar voren.
'U hoeft mij niet op mijn eerlijke gezicht te geloven. En zover ik u ken, doet u dat ook niet. Maar ik bezweer u bij het leven van mijn oude moeder, dat ik die twee vrouwen niet heb omgebracht.'
Rooie Bertus zuchtte omstandig.
'Als u mij mijn reisje naar Spanje misgunt, dan houdt u mij vast. Ik kan er weinig tegen inbrengen. Als ik in uw schoenen

stond, dan zou ik waarschijnlijk de celdeur voor me openhouden.'
De Cock glimlachte.
'Mijn schoenen passen jou niet.'
De oude rechercheur plukte aan het puntje van zijn neus.
'Had je in de tijd dat je met Angela was getrouwd, wel eens contact met Alexander Minnedorper?'
'Alexander Minnedorper, dat is een ploert, van de ratten besnuffeld. Ik ben er pas later achtergekomen wat hij mij heeft geflikt.'
'Wat?'
Rooie Bertus brieste.
'Hij adviseerde Alida van Boskoop om van mij geld te vragen om de toekomst van haar dochter Angela veilig te stellen en hij adviseerde Angela om aangifte tegen mij te doen en om haar huwelijk met mij te ontbinden.'
Rooie Bertus stond op.
'Als u vandaag of morgen Alexander Minnedorper met een kogel in zijn kop vindt, mag u mij ophalen.'

13

Met een strak gezicht strekte De Cock zijn rechterhand met de palm naar boven naar Rooie Bertus uit.
'Geef mij je balpen.'
Het klonk als een bevel.
'Wat?'
'Je balpen. Ik wil voorkomen dat je nog eens malle briefjes schrijft.'
Rooie Bertus liet beschaamd zijn hoofd zakken.
'Het was een opwelling,' sprak hij zacht. 'Stom. Ik realiseerde me achteraf dat ik dat nooit had moeten doen. Maar toen ik van Smalle Lowietje hoorde dat moeder Van Boskoop dood was, kon ik mij niet bedwingen. Dat mens had me zo getreiterd.'
Hij keek op.
'Ik... eh, ik,' sprak hij hoofdschuddend, 'ben niet zo goed in de omgang met mensen. Er is maar één ding waar ik goed in ben.'
De Cock knikte.
'Bankkluisjes.'
Rooie Bertus schudde De Cock tot afscheid de hand.
'Ik kan vanmiddag rustig vertrekken?' vroeg hij met een grijns op zijn gezicht. 'Er is voor mij straks op Schiphol geen officieel comité van ontvangst?'
'Hoe lang blijf je weg?'
'Een dag of tien, veertien. Het ligt eraan of ik het daar naar mijn zin heb.'
'Als ik inmiddels op bewijzen contra jou stuit, dan weet ik je zelfs in Spanje te vinden.'
'U vindt geen bewijzen tegen mij... niet inzake de moorden aan de Brouwersgracht.'
De Cock glimlachte.
'Stuur me een kaartje.'
Hij wuifde tot afscheid.

Toen Rooie Bertus de grote recherchekamer had verlaten, haalde De Cock de stapel papier weer uit de lade van zijn bureau en las verder. Hij vond, zoals verwacht, de aantekeningen inzake Albertus de Graaf, alias Rooie Bertus, alias de kleine

kluisjesman. Ze bevatten weinig nieuws. *Lijdt aan claustrofobie* stond er. *Man met een crimineel verleden en een dubieus verkregen vermogen... iets voor Angela?* Drie maanden later gevolgd door de aantekening: *Die claustrofobie raakt hij in de bajes wel weer kwijt.*
De Cock grijnsde breed. Alida van Boskoop, de chiromantiste, zo bedacht hij, was bij leven een harde, cynische tante. Dat bleek uit tal van aantekeningen. Over een oudere vrouw stond er: *We zullen haar ingebeelde ziekte verder uitbouwen. Ze heeft geld genoeg.*
In geen enkele tekst was er iets van mededogen met haar patiënten te vinden. Alles was kil, koel en cynisch. Er was ook geen enkele aanduiding te vinden over de prijzen die voor de consulten werden betaald. De oude rechercheur schatte dat de belastingdienst voor tonnen was benadeeld.
Terwijl hij geboeid verderbladerde en las, kwam Vledder de recherchekamer binnen, gevolgd door Christina van Boskoop. De Cock zag die twee met verbazing komen. Snel schoof hij de stapel papier terug in de lade van zijn bureau.
Vledder bood Christina de stoel naast het bureau van De Cock aan. Daarna nam hij zelf plaats achter zijn eigen bureau. De jonge rechercheur maakte een vermoeide indruk. Hij wees naar Christina.
'Zij wilde niet alleen in dat huis aan de Brouwersgracht blijven.'
'Dat begrijp ik.'
'Ze wilde per se met jou praten. Daarom heb ik haar meegenomen naar de Kit.'
'Gecondoleerd met het verlies van uw zuster,' sprak De Cock plechtig. 'Haar dood komt ook voor ons als een verrassing.'
Christina keek met tranen in haar donkere ogen naar De Cock.
'Het is verschikkelijk. Ik ben er echt kapot van. Beatrijs was de enige van wie ik hield. Men zegt dat u een uitstekend rechercheur bent. Ik wil dat u haar moordenaar vindt.'
'En de moordenaar van uw moeder en Angela?'
Christina schudde haar hoofd.
'Die raken mij niet,' sprak ze verbitterd. 'Jegens hen koester ik geen haat.'
De Cock boog zich iets naar haar toe.

'Ik schat dat de man of vrouw die uw moeder en Angela ombracht, ook verantwoordelijk is voor de dood van uw zuster Beatrijs.'
De oude rechercheur wendde zich pro forma tot Vledder.
'De werkwijze is identiek?'
'Absoluut.'
De Cock draaide zich weer naar Christina.
'Onderhoudt u nog relaties met uw ex-man Alexander Minnedorper?'
Christina haalde achteloos haar schouders op.
'Hij belt mij zo nu en dan.'
De Cock keek haar schattend aan.
'Met het verzoek om opnieuw met hem tot een huwelijk te komen?'
Christina trok een grijns.
'Ik moet er niet aan denken,' sprak ze met afgrijzen. 'Mijn huwelijk met Alexander Minnedorper was een misstap. In een wilde drang om eens op eigen benen te staan en op uitdrukkelijk verzoek van mijn moeder ben ik met die man getrouwd.'
'Hij zegt dat hij nog steeds veel van u houdt... nog steeds smoorverliefd op u is.'
'Liefde... wat weet die man van liefde? Wanneer hij in een kwade bui was, mepte hij mij bont en blauw. Ik ben op het laatst gevlucht. En ondanks zijn herhaalde verzoeken en dreigingen met gerechtelijk stappen, ben ik nooit naar hem teruggegaan.'
De Cock maakte een hulpeloos gebaar.
'Er moet toch iemand zijn die het op de hele familie Van Boskoop heeft voorzien. Iemand die van zoveel haat is bezield, dat hij vermoedelijk niet zal rusten voor hij de hele familie heeft uitgemoord.'
Christina keek hem geschrokken aan.
'Ik loop ook gevaar?'
De Cock knikte traag.
'Ik vrees van wel.'
De oude rechercheur zweeg even.
'Hebt... eh, hebt u enig idee wie het op jullie heeft voorzien? Alexander Minnedorper?'
Christina maakte een afwerend gebaar.

'Daar is Alexander zelf te laf voor. Als hij iets tegen ons heeft, dan kent hij wel mensen die voor een paar grijpstuivers tot alles in staat zijn.'
De jonge vrouw schudde haar hoofd.
'Ik denk dat u het motief moet zoeken in het gedrag van moeder en Angela. Die twee waren hardvochtig. Vaak onmenselijk. Ik heb mij er altijd over verbaasd dat de mensen die twee toch bleven consulteren, ondanks een neerbuigende desinteresse in hun gebreken en problemen.'
'Trad u wel eens op als chiromantiste?'
Christina streek met haar beide handen over haar gitzwart haar.
'Ik heb dat altijd vermeden,' antwoordde ze. 'Ik kon uiteraard niet weigeren om zo nu en dan hulpdiensten te verrichten.'
'Ik heb in de behandelkamer een computer zien staan. Bevat die het bestand van de patiënten... consultanten?'
'Ja.'
'Wie hield die bij?'
'Moeder en Angela. Soms, als Beatrijs de praktijk waarnam, dan maakte ook zij aantekeningen. Maar dat kwam maar weinig voor.'
'U niet?'
'Wat bedoelt u?'
'U voerde nooit gegevens in?'
'Nooit. Ik weet niet eens hoe zo'n ding werkt.'
De oude rechercheur wreef nadenkend over zijn brede kin. Daarna boog hij zich naar Christina toe.
'Wij zijn nog steeds op zoek naar de dader. Mijn collega en ik hopen spoedig over meer gegevens te beschikken. Wilt u ons behulpzaam zijn om de dader te ontmaskeren?'
Christina knikte nadrukkelijk.
'Zegt u maar wat ik doen moet.'
'U gaat nu terug naar het Speulder- en Sprielderbos?'
Christina van Boskoop bedwong opkomende tranen.
'Dat huis aan de Brouwersgracht zit vol gruwelen. Ik ga daar nooit meer naar binnen. Als ik van de notaris toestemming krijg, verkoop ik het direct.'
Als teken dat hij het gesprek als beëindigd beschouwde, stond De Cock van zijn stoel op en stak haar zijn hand toe.
'U hoort nog van ons,' sprak hij vriendelijk. 'Hopelijk op korte

termijn. Ik moet u wel waarschuwen. Hulp aan de recherche is nooit van gevaar ontbloot.'
Christina strekte haar rug. Ze klemde haar lippen op elkaar. Haar donkere ogen vlamden.
'Al moet ik sterven.'
De Cock knikte haar bemoedigend toe.
'Dat,' sprak hij beminnelijk, 'zullen wij te allen tijde voorkomen.'

Toen Christina was vertrokken, pakte De Cock de stapel papier weer uit de lade van zijn bureau en las en bladerde verder, terwijl Vledder gespannen toekeek. In De Cock groeide de overtuiging dat hij de oplossing van de wurgmoorden aan de Brouwersgracht voor zich op zijn bureau had.
Plotseling kreeg hij een tekst onder ogen die een koude rilling over zijn rug deed glijden. De rilling ging door tot in de gevoelige zenuweinden aan de toppen van zijn vingers.
En ineens, in een flits, raadde hij het motief, kende hij de dader. De openbaring schokte hem. Gedompeld in de stomme verbazing dat hij niet eerder in de juiste richting had gezocht, staarde hij minutenlang wezenloos voor zich uit.
Vledder keek hem geschrokken aan.
'Zie je een geest?'
De Cock knikte.
'De geest van de moordenaar.'

De Cock voelde zich vreemd en gespannen. Hij hoopte vurig dat de plannen die hij had uitgedacht, zouden slagen. Maar hij was er niet gerust op. Degene die hij van de moorden verdacht, was, zo wist hij, sluw en sterk. De moordenaar had in het verleden blijk gegeven over een grote lichaamskracht te beschikken. Het was niet eenvoudig om een lijk over een deur heen aan een koord omhoog te trekken. Dat vergde een surplus aan spierbundels.
De grijze speurder vroeg zich af of de man de valstrik die hij had uitgezet, zou doorzien... of hij werkelijk zou komen op het tijdstip dat De Cock voor geschikt had gehouden.
Zoals steeds in het verleden had hij de hulp ingeroepen van zijn collega-rechercheurs Fred Prins en Appie Keizer. Ze bleken on-

middellijk bereid om hem terzijde te staan.
Appie Keizer was enthousiast dat hij zich weer eens mocht verhullen in zijn vermomming van verdwaalde buitenman. Een vermomming die hem al dikwijls succes had gebracht.
Op Fred Prins was De Cock bijzonder gesteld. De jongeman was intelligent, onverschrokken en zo sterk als een beer.
De grijze speurder vertrouwde op hem wanneer het met de moordenaar tot een gevecht zou komen.
Met een portofoon had hij zijn beide collega's op strategische plekken rondom het huis geposteerd.
Vledder, zijn trouwe hulp en metgezel, zat in de gezellige woonkeuken met uitzicht op de tuin. Daar was ook een deur die naar die tuin leidde. Het was de enige plek waar men via de achterzijde het huis kon binnendringen.
De Cock vermoedde dat de moordenaar gewoon met een sleutel via de voordeur het huis zou binnenkomen, maar hij wilde niets uitsluiten.
De grijze speurder keek naar Christina. Ze zat op zijn verzoek in de behandelkamer op de brede troon van lichtblauw fluweel. Haar gezicht zag bleek. Nerveus blikte ze om zich heen.
Christina was gekleed in een lang bloedrood gewaad dat tot haar enkels reikte. De kraag en de zoom van het gewaad waren afgezet met blauw fluweel, waarop in wit geborduurd de twaalf tekens van de dierenriem. Het was eenzelfde gewaad waarin moeder Alida en haar dochters Angela en Beatrijs de dood vonden.
De Cock blikte op zijn horloge. Het was bijna zover. De spanning kroop in zijn aderen, pulseerde in zijn hals en deed zijn hart sneller kloppen. Hij had dat steeds wanneer een ontknoping naderde.
De grijze speurder liep naar Christina op haar fluwelen troon met de baldakijn. Hij drukte met zijn vingertoppen op de rug van haar hand. Die hand was ijskoud.
'Hoe voel je je?' vroeg hij bezorgd.
Christina van Boskoop sloot haar ogen.
'Ik ben bang en ril van ellende.'
Ze deed haar ogen weer open.
'Hebben Beatrijs en de anderen ook zo gezeten terwijl hun moordenaar kwam?'

De Cock knikte.
'Dat denk ik. Alleen wisten zij niet dat hun moordenaar kwam. Ze wachtten geduldig op een patiënt die hen op een ongebruikelijk tijdstip wilde consulteren.'
'En die patiënt werd hun moordenaar?'
'Precies.'
De mobilofoon in de binnenzak van zijn regenjas kraakte.
'Vanaf de Melkmeisjesbrug nadert een man in een plastic regenjas.'
De Cock herkende de stem van Appie Keizer.
'Hij draagt een bril.'
De oude rechercheur pakte zijn mobilofoon.
'Dat is hem,' antwoordde hij gejaagd. 'Blijf hem voorzichtig volgen en waarschuw Fred Prins dat hij dichter naar het huis komt.'
De Cock keek naar Christina.
'Hij komt eraan,' sprak hij fluisterend. 'Blijf op je troon zitten. Kom er onder geen voorwaarden vanaf. Op die troon ben je veilig.'
De oude rechercheur trok zich uit de behandelkamer terug. In de deuropening van de woonkeuken bleef hij staan.
'Hij komt eraan,' riep hij gedempt naar Vledder.
De jonge rechercheur kwam bij hem. Samen luisterden ze naar geluiden. Na enige minuten hoorden ze hoe het slot van de buitendeur werd opengedraaid, gevolgd door het piepen van scharnieren.
Ze wachtten nog enkele seconden en renden toen via de wachtkamer naar de behandelkamer. Christina gilde. Voor haar troon stond een man. Toen hij de beide rechercheurs in het oog kreeg, leek hij verdoofd. Het duurde maar even. Toen stormde hij in woeste vaart op hen af.
Vledder werd tegen de banken aan de kant van de wachtkamer geslingerd. De Cock struikelde, klauterde weer overeind en rende de man achterna. Midden op de rijbaan van de gracht probeerde de man aan Fred Prins voorbij te komen.
In een *flying tackle* maakte de jonge rechercheur een snoekduik naar de benen van de man. Beiden duikelden over het asfalt. Appie Keizer rende naderbij en liet zich op de man vallen. Met een houdgreep hield hij hem in bedwang.

In een koddige draf liep De Cock naar ze toe. Vledder kwam achter hem aan. De oude rechercheur boog zich over de weerloos geworden man en trok diens plastic regenjas open. Uit een zijzak van zijn colbert trok hij een wit katoenen koord, eindigend in een kunstig geknoopte strop. Daarna scheen hij de man met zijn zaklantaarn vol in het gezicht.
Vledder achter hem hijgde in zijn nek.
'Andries Korreman.'
De Cock knikte.
'Man van Nanette en vader van de dode Elisa.'
Vledder trok zijn wenkbrauwen op.
'Dode Elisa?'
De Cock doofde het licht van zijn zaklantaarn.
'Ze stierf twee dagen geleden.'

14

De ding-dong in de gang dreunde nog een beetje na. De Cock deed de deur van zijn woning open. Voor hem op de stoep stond Vledder. De jonge rechercheur lachte wat verlegen. In zijn linkerhand bungelde een fraai boeket frisse lentebloemen.
'Voor je vrouw,' legde hij uit. 'Hoe langer ik jou ken, hoe meer ik haar ga bewonderen.'
De Cock keek hem misprijzend aan.
'Die kreet van jou ken ik,' sprak hij bestraffend, 'Afgezaagd. Ik zou die tekst in de toekomst eens veranderen.'
De grijze speurder bekeek het boeket.
'Geen rode rozen?'
Vledder schudde zijn hoofd.
'Edmay zegt dat ik eens moest variëren. Ze is mee geweest dit boeket voor je vrouw uit te zoeken. Ze heeft gevoel voor kleuren en weet wat een vrouwenhart raakt.'
De Cock deed een stapje opzij en liet Vledder binnen.
'Wie is Edmay?'
'Mijn nieuwe vriendin.'
De Cock fronste zijn wenkbrauwen.
'Je was toch met ene Celine verloofd?'
'Dat is al eeuwen geleden. Celine is inmiddels al jaren met een ander getrouwd.'
'Waarom?'
'Ze vond dat ik een te gevaarlijk beroep had. Celine wilde niet in angst en spanning leven. Dat lokte haar niet. Ze heeft nu een lieve zachte accountant. Die heeft een veel rustiger baan en verdient bovendien beduidend meer dan ik.'
'En Edmay?'
'Wat bedoel je?'
'Vertel er eens wat van?'
Vledder glimlachte vertederd.
'Ze is heel bijzonder. Geloof me, een echt schatje. Klein, lief met een tikkeltje Indonesisch bloed. Voor mij... heel aantrekkelijk.'
'En ze is niet bang voor jouw gevaarlijk beroep?'
Vledder schudde zijn hoofd.

'Integendeel. Voor Edmay is dat juist een deel van mijn charme... een element waarom zij van mij houdt.'
'Je moet haar eens aan me voorstellen.'
Vledder schudde zijn hoofd.
'Ik houd mijn werk en privé-leven graag gescheiden.'
De jonge rechercheur liep verder de gang in.
'Zijn de anderen er al?'
De Cock knikte.
'Appie Keizer en Fred Prins zitten bij mijn vrouw en hebben het hoogste woord.'
Ze stapten de woonkamer in. Mevrouw De Cock kwam onmiddellijk overeind en schudde Vledder ter begroeting de hand. Met een gebaar van verrukking nam ze het boeket in ontvangst.
'Wat mooi.'
Ze wuifde uitnodigend naar een diepe fauteuil.
'Ga zitten,' riep ze vrolijk. 'Mijn man vroeg zich al af waar je bleef.'
Vledder nam plaats. Zijn gezicht stond ernstig.
'Ik... eh, ik heb even geaarzeld of ik vanavond wel zou komen.'
Mevrouw De Cock keek hem verrast aan.
'Waarom?'
'Heeft uw man van de begrafenis verteld?'
Mevrouw De Cock schudde haar hoofd.
'Jurrian is thuis niet altijd even openhartig.'
Vledder keek naar De Cock.
'Zal ik?'
De grijze speurder knikte.
'Doe maar.'
Vledder zuchtte diep. Hij keek naar mevrouw De Cock op.
'Elisa Korreman,' sprak hij somber, 'de dochter van de man die wij gisteravond hebben gearresteerd, werd vanmiddag op Zorgvlied begraven. Ondanks zijn bekentenis de drie vrouwen te hebben vermoord, had uw man gearrangeerd dat Andries Korreman de begrafenis van zijn dochtertje kon bijwonen.'
De jonge rechercheur stokte even.
'Het werd een aangrijpende gebeurtenis. Naast het gedolven graf voor het kind, viel Nanette Korreman snikkend voor haar geboeide man op haar knieën en smeekte hem om vergiffenis. Het was hartverscheurend. Het tafereel greep me bij de keel. Ik

was er zo kapot van, dat ik me afvroeg of ik er wel bij wilde zijn als vanavond de affaire opnieuw werd opgerakeld.'
Fred Prins vroeg om aandacht.
'Ik wil wel weten waarom ik een kapotte broek en een paar schaafwonden aan mijn knieën heb opgelopen. Ann, mijn Ierse vrouw, vroeg om opheldering. Toen ik haar vertelde dat ik De Cock had bijgestaan, riep ze kwaad: *that dangerous old man again.*'
De oude rechercheur lachte. Hij vatte de fles cognac Napoleon, die hij speciaal voor dergelijke gelegenheden in voorraad hield, en vulde ruim de bodem van diepbolle, voorverwarmde glazen. Hij reikte die zijn vrienden aan. Daarna hield hij zijn glas omhoog.
'Een toost... een toost op het onvermogen van een rechercheur.'
Fred Prins keek hem niet-begrijpend aan.
'Onvermogen? Jij staat bekend als de beste speurder die ons land rijk is.'
'Ik bedoel het onvermogen om open te blijven staan voor alle facetten die aan een zaak kleven.'
Vledder keek hem verrast aan.
'Heb jij dat niet gedaan?'
'Ik ben zo gefixeerd geweest op de mislukte huwelijken van de drie dochters van de chiromantiste en de motieven die aan de drie ex-echtgenoten konden worden toegeschreven dat ik een tijdlang een belangrijk facet uit het oog heb verloren.'
'Welk?'
'Het facet dat de chiromantiste niet alleen op basis van de handlijnen waarzegde, maar ook onbevoegd de geneeskunde bedreef. Dat facet diende zich toch overduidelijk aan. Denk maar eens aan Aard van de Koperberg met zijn pijnlijke benen, aan het mannetje in de wachtkamer met zijn winderigheid, aan Rooie Bertus met zijn claustrofobie en zelfs onze dader Andries Korreman, die er zich over beklaagde dat zijn vrouw Nanette met zijn zieke dochtertje voor genezing naar de chiromantiste ging.'
De Cock zweeg even voor het effect.
'Die blindheid om een belangrijk facet van een onderzoek in de juiste belichting te zien, noem ik het onvermogen van een rechercheur.'

Appie Keizer boog zich iets voorover.
'Andries Korreman vermoordde de chiromantiste omdat die zijn zieke dochtertje behandelde?'
De Cock trok een bedenkelijk gezicht.
'Oppervlakkig gezien is dat wel juist. Maar in feite was dat niet het motief. Andries Korreman zag de toestand van zijn dochtertje steeds verder achteruitgaan. Pogingen van hem om zijn vrouw te overreden om met het kind naar een normale arts te gaan, mislukten. Zijn vrouw Nanette bleef blind geloven in de gave van de geneeskunst die de chiromantiste van Hogerhand zou zijn toebedeeld. Ook haar onsterfelijkheid was voor Nanette een ondiscutabel feit.'
Fred Prins sloeg zijn handen naar zijn hoofd.
'Hoe is het mogelijk?'
Het gezicht van De Cock verstrakte.
'Je moet de macht van de mystiek niet onderschatten. Mensen geloven graag in zaken die zich als bovennatuurlijk aandienen. De talrijke sekten die de wereld kent, zijn daarvan een bewijs.'
Fred Prins schudde zijn hoofd.
'Wie gelooft er nu aan onsterfelijkheid?'
'Andries Korreman,' ging De Cock verder, 'raakte in paniek. Hij wilde geen breuk met zijn vrouw en hij wilde voor alles zijn zieke kind behouden. Hij bedacht dat, wanneer die chiromantiste er niet meer zou zijn, als haar beweringen van onsterfelijkheid bedrog bleken, dat dan...'
'Ik begrijp het,' sprak Fred Prins. 'Hij hoopte met de moord op de chiromantiste zijn vrouw en zijn kind te behouden.'
De Cock nam een slok van zijn cognac.
'Om voor zichzelf straffeloosheid te verwerven, presenteerde hij zijn daad als een zelfmoord.'
Vledder glimlachte.
'Dat werd door jou wel doorzien.'
De Cock knikte.
'Een kwestie van ervaring.'
'Waarom vermoordde hij Angela?'
De Cock maakte een triest gebaar.
'Omdat door zijn moord op de chiromantiste niets veranderde.'
'Hoe bedoel je?'
'Angela van Boskoop nam het werk van haar moeder over en

zijn vrouw Nanette bleef met haar zieke dochtertje de Brouwersgracht bezoeken. Kreten van Angela, dat haar moeder niet was gestorven maar slechts een kortstondig bezoek aan de hemel bracht, werden door Nanette onvoorwaardelijk geloofd.'
'Ik begrijp nu,' sprak Vledder zacht, 'waarom zij op Zorgvlied bij het gedolven graf voor haar dochter aan haar man om vergiffenis vroeg.'
Appie Keizer grinnikte vreugdeloos.
'Maar hij ging gewoon door?'
De Cock knikte.
'Pas na de dood van zijn dochtertje. Wanneer Elisa niet was gestorven, had Beatrijs nog geleefd. De dood van zijn kind ontnam Andries Korreman elk gevoel voor realiteit. Toen hij besefte dat al zijn inspanningen om de dood van Elisa te voorkomen, schipbreuk hadden geleden, besloot hij om ook de rest van de familie Van Boskoop uit te roeien.'
Een tijdlang zwegen allen. De Cock nam nog een slok van zijn cognac. De uiteenzetting had hem vermoeid.
Het was Vledder die het zwijgen verbrak.
'Wanneer wist je dat het Andries Korreman was die de moorden had gepleegd?'
'Toen ik jouw computeruitdraai had gelezen en daar aantekeningen vond over het ziektebeeld van Elisa Korreman. Uit die aantekeningen bleek dat de chiromantiste wel degelijk wist dat zij het kind niet kon redden.'
'Toch ging zij met de behandeling door?'
De Cock knikte.
'De aantekening dat de kleine Elisa was gestorven, een aantekening die zeker na de dood van de chiromantiste en Angela door dochter Beatrijs was gemaakt, gaf mij plotseling de zekerheid van het motief. Het drong zich als het ware aan mij op.'
Vledder staarde voor zich uit.
'Andries Korreman,' verzuchtte hij. 'Hoe kreeg je hem zover om precies op het tijdstip dat jij wenste tot een moordpoging op Christina te komen?'
'Ik liet Christina een brief aan hem schrijven en deze per koerier bezorgen, waarin zij vermeldde dat zij de praktijk aan de Brouwersgracht zou overnemen en zij op dat tijdstip met hem een onderhoud wilde over de gezondheidstoestand van zijn dochtertje.'

'Terwijl dat kind al dood was.'
'Ik hoopte en vertrouwde erop, dat het briefje hem tot razernij zou brengen.'
'En zijn waakzaamheid zou verslappen.'
'Precies.'
Vledder keek hem verwijtend aan.
'Soms... soms heb jij iets van de duivel.'
De Cock keek naar hem op.
'Iets van de duivel,' sprak hij afwerend, 'steekt in ons allen. Daar hoef je niet voor naar cursus.'
De oude rechercheur schonk nog eens in. Daarna liet hij zich in zijn fauteuil terugvallen.
Mevrouw De Cock verdween naar de keuken. Ze kwam terug met schalen vol lekkernijen en liep presenterend rond.
Na momenten van bezinning werd het gesprek algemener. De gruwelijke gebeurtenissen aan de Brouwersgracht raakten wat op de achtergrond, en de cursus waarvoor De Cock was opgeroepen, werd een onderwerp van vermaak.

Het was al vrij laat toen de laatste gasten vertrokken. De Cock nam zijn derde glas cognac. Zijn vrouw schoof een poef bij en ging pal tegenover hem zitten.
'Ik vind het toch lief van je, dat je ervoor zorgde dat Andries Korreman de begrafenis van zijn dochtertje kon bijwonen.'
'Het heeft me heel wat moeite gekost. Ik heb moeten praten als Brugman. Buitendam wilde er niet aan. Ik ben toen persoonlijk naar de officier van justitie gegaan en heb mijn inzichten bepleit. Elisa was Andries Korremans enig kind. Hij hield ontzettend veel van zijn kleine meid.'
Mevrouw De Cock schudde haar hoofd.
'Als ik hem was geweest, dan had ik het kind opgepakt en was ermee naar een ziekenhuis gevlogen.'
'Zo eenvoudig was het niet. Die man werd steeds verder in een poel van tegenstrijdige emoties gedompeld. Hij wilde ook geen breuk met zijn diepgelovige vrouw.'
Mevrouw De Cock schoof nog iets dichter naar haar man.
'Ze hebben het vanavond niet gevraagd... hebben er vermoedelijk niet over nagedacht, maar hoe kwam Andries Korreman aan de sleutels van het huis aan de Brouwersgracht?'

De Cock glimlachte.
'Gestolen... gestolen uit het colbertje van zijn zwager Patrick Nederveldt, de ex van Beatrijs, toen die een keer bij hen op bezoek was.'
De Cock legde zijn linkerhand op haar knie.
'Vind jij dat je met een duivel bent getrouwd?'
Mevrouw De Cock keek vertederd naar hem op.
'Al was je het, de duivel zelf, dan nog hield ik van je.'

(41)

BAANTJER

De Cock en de dode meesters

Een jonge officier van justitie, belast met een onderzoek naar de mafia, wordt al vijf dagen vermist; een lijk met een klavertje-vier-tatoeage in de Brouwersgracht; een onwillige getuige van de rechtbank en een toeschietelijke informante van een cricketclub; een vermoorde advocaat (die connecties had met de mafia) en een competentiestrijd met de narcoticabrigade...
Dit alles komen rechercheur De Cock (met ceeooceekaa) en zijn assistent Vledder op hun pad tegen tijdens de eerste dagen van een regenachtige herfst.

(42)

BAANTJER

De Cock en de sluimerende dood

Een oude vrouw verdwijnt tussen Purmerend en Amsterdam. Op een architect worden drie kogels afgevuurd. En er is ook nog een oude man verdwenen. Familieleden van de drie genoemden reageren of verdrietig, of verbaasd of ongerust. Rechercheur De Cock (met ceeooceekaa) van het Amsterdamse bureau Warmoesstraat komt met zijn medewerker Vledder in een wespennest terecht en begeeft zich zelfs op vreemd terrein (Purmerend, Enkhuizen en Medemblik) om eruit te komen. Beide rechercheurs raken in een schimmenrijk het spoor volkomen bijster. Nog nooit heeft De Cock zo'n bizarre zaak gehad.

43

BAANTJER

De Cock en 't wassend kwaad

De Cock (met ceeooceekaa) houdt voor rechercheurs in opleiding, tussen de bedrijven door, wekelijks een praatje over zijn visie op het recherchewerk. In een opgewonden discussie citeert een van de studenten de regel van Joost van den Vondel: 'Men smoore 't wassend quaet bijtijds in zijn geboorte...'
De Cock denkt aan de vroegere woning van Vondel, een kousenwinkel.
In deze policier worden lijken gevonden van mensen die ogenschijnlijk allen zijn gewurgd met een panty. De lugubere vondsten stellen rechercheur De Cock en zijn assistent Vledder voor raadsels. Uiteindelijk legt hij het verband tussen de kous en de panty, niet wetend hoe dicht hij dan bij de oplossing van deze moorden is.

(44)

BAANTJER

De Cock en het roodzijden nachthemd

Een vrouw stuurt vanuit een ziekenhuis een ongewone brief aan rechercheur De Cock (met cee-oo-cee-ka). Hij besluit op haar uitnodiging in te gaan en neemt zijn rechterhand Vledder mee.
In het ziekenhuis worden zij op een onverwachte en onaangename wijze verrast. Een man met een grote snor is hen voor geweest: de vrouw is dood.
Dit incident leidt tot een op het eerste gezicht onontwarbare kluwen van misdaden, waarbij dode vrouwen in roodzijden nachthemden op een macabere wijze worden aangetroffen. Voor de twee rechercheurs een zaak die onoplosbaar lijkt.

De volgende boeken van Baantjer zijn bij de Fontein verschenen:

1 1963 De Cock en een strop voor Bobby
2 1965 De Cock en de wurger op zondag
3 1965 De Cock en het lijk in de kerstnacht
4 1967 De Cock en de moord op Anna Bentveld
5 1967 De Cock en het sombere naakt
6 1968 De Cock en de dode harlekijn
7 1969 De Cock en de treurende kater
8 1970 De Cock en de ontgoochelde dode
9 1971 De Cock en de zorgvuldige moordenaar
10 1972 De Cock en de romance in moord
11 1972 De Cock en de stervende wandelaar
12 1973 De Cock en het lijk aan de kerkmuur
13 1974 De Cock en de dansende dood
14 1978 De Cock en de naakte juffer
15 1979 De Cock en de broeders van de zachte dood
16 1980 De Cock en het dodelijk akkoord
17 1981 De Cock en de moord in seance
18 1982 De Cock en de moord in extase
19 1982 De Cock en de smekende dood
20 1983 De Cock en de ganzen van de dood
21 1983 De Cock en de moord op melodie
22 1984 De Cock en de dood van een clown
23 1984 De Cock en een variant op moord
24 1985 De Cock en moord op termijn
25 1985 De Cock en moord op de Bloedberg
26 1986 De Cock en de dode minnaars
27 1987 De Cock en het masker van de dood
28 1987 De Cock en het lijk op retour
29 1988 De Cock en moord in brons
30 1988 De Cock en een dodelijke dreiging
31 1989 De Cock en moord eerste klasse
32 1989 De Cock en de bloedwraak
33 1990 De Cock en moord à la carte
34 1990 De Cock en moord in beeld
35 1991 De Cock en danse macabre
36 1992 De Cock en een duivels komplot
37 1992 De Cock en de ontluisterende dood
38 1992 De Cock en het duel in de nacht
39 1993 De Cock en de dood van een profeet
40 1993 De Cock en kogels voor een bruid
41 1994 De Cock en de dode meesters
42 1994 De Cock en de sluimerende dood
43 1995 De Cock en 't wassend kwaad
44 1995 De Cock en het roodzijden nachthemd
45 1996 De Cock en moord bij maanlicht
46 1996 De Cock en de geur van rottend hout
47 1997 De Cock en een dodelijk rendez-vous
48 1997 De Cock en tranen aan de Leie
49 1998 De Cock en het lijk op drift
50 1998 De Cock en de onsterfelijke dood

Andere titels van Baantjer:
De dertien katten
Misdaad in het verleden
Een Amsterdamse rechercheur
Rechercheur Baantjer van bureau Warmoesstraat vertelt, deel 1 t/m 10

Verkrijgbaar bij de boekhandel